Le Stagiaire du Détenu

Je n'appartiens pas à un type bien, j'appartiens à un criminel brutal

Sley Samedy

This is a work of fiction. Similarities to real people, places, or events are entirely coincidental.

LE STAGIAIRE DU DÉTENU

First edition. May 11, 2024.

Copyright © 2024 Sley Samedy.

ISBN: 979-8223149729

Written by Sley Samedy.

Also by Sley Samedy

Une nuit sur la plage
Amoureux du défi
Le stagiaire du détenu
Pardonne mon Péché
Premier Match
Proposition interdite
Réclame par mes demi frères
Scandale dans le désert
Une tente pour deux

Il y a une prison dans ma ville. Un endroit accidenté, les bonnes filles devraient rester à l'écart, mais pas moi.

J'y suis pour mon stage. Étudier, apprendre... mais je ne me concentre pas sur mon travail.

C'est sur lui.

Giggs Buchanan est l'un des détenus du pénitencier.

Nous partageons un secret. Et le secret, c'est que je n'appartiens pas à un type bien.

J'appartiens à un criminel brutal.

Chapitre 1

Porsha

Mes mains tremblent, faisant frissonner la tasse sur la soucoupe et je prends une profonde inspiration, me forçant à sourire poli. «Voici votre café, M. Kowalski», dis-je d'un ton volage. Le directeur de la prison lève les yeux de son ordinateur lorsque je pose la tasse sur son bureau.

"Ah adorable", réfléchit-il, ses yeux scintillant derrière ses lunettes à monture épaisse, "juste au moment où j'avais besoin d'un remontant." M'adressant un sourire effronté, il ajoute : "Ne le dites à personne, Mademoiselle Picaut, mais vous pourriez bien être ma stagiaire préférée."

"Probablement ce que vous dites à tous vos stagiaires", dis-je avec un ricanement nerveux et il laisse échapper un rire chaleureux, prouvant mon point de vue. Il sirote son café et je vais m'asseoir au petit bureau installé dans un coin pour moi et où je fais mon propre travail.

En étirant mon cou et en faisant craquer mes jointures, j'inspire profondément pour me détendre. J'ai besoin de me calmer mais chaque fois que je suis à cet endroit, j'ai tendance à être nerveux. Et je suis ici assez souvent, trois fois par semaine pour être exact. J'étudie la psychologie criminelle au collège local et c'est ici que je fais mon stage. Mon travail tourne autour des détenus et de leurs expériences au cours de leurs premières années de prison, de ce qu'ils ressentent, des choses pratiques qu'ils souhaiteraient voir changer...

La plupart du travail, cependant, implique de rendre de petits services à M. Kowalski, comme lui apporter du café, mais les lundis et vendredis, je peux l'interviewer.

Gérald « Giggs » Buchanan, 32 ans. Détenu en Angola depuis trois ans et il lui reste encore un an. Il est maussade, maussade et complètement addictif.

En me léchant les lèvres, je cache un sourire lorsque mon cœur se met à battre la chamade rien qu'en pensant à lui. Je pense beaucoup à lui, pendant les vacances, à des heures aléatoires de la journée... à des heures aléatoires de la nuit. En jetant un coup d'œil à l'horloge accrochée au mur, je retiens mon souffle jusqu'à ce qu'il sonne trois heures, puis je me tourne vers M. Kowalski.

Il est occupé à regarder ses papiers, ignorant parfaitement ma détresse et peut-être d'une manière qui est une bonne chose, car si quelqu'un connaissait mes sentiments pour Giggs, j'aurais des ennuis. Je me tortille sur ma chaise, ayant besoin que le réalisateur réagisse, mais quand il ne le fait pas, je laisse échapper : « Il est trois heures ».

"En effet, c'est..." murmure-t-il, tout distrait, mais ensuite il sursaute, appelant le garde et je me lève si vite que je trébuche presque sur ma chaise. Je me lis rapidement, m'assurant que mes vêtements sont en ordre et qu'aucune mèche de mes cheveux sauvages n'est déplacée. Le garde entre dans le bureau, hochant la tête pour me demander de le suivre et je vole pratiquement à travers le sol, si excité que je déborde d'impatience lorsque M. Kowalski s'éclaircit la gorge.

"Manquer. Picaut, tu n'as pas oublié quelque chose ? demande-t-il et je hausse les sourcils avec confusion. « Comment vas-tu exactement prendre des notes ? »

Bien sûr, mes mains sont vides et avec un sourire penaud et un rapide remerciement, je prends mon cahier et mon stylo et sors du bureau avec les joues rouges. Le garde me lance un regard étrange et je me dis que je dois mieux cacher mes sentiments. Seules les filles qui ne sont pas normales sont excitées à l'idée de rencontrer des criminels et j'affiche une expression de souffrance sur mon visage comme si c'était un mal nécessaire. Cela amène au moins le garde à détourner le regard.

La tête baissée et mon cahier serré contre ma poitrine, je suis le garde porte après porte et il y en a tellement que parfois je perds le compte. Mon corps se tend lorsque nous croisons des prisonniers et j'essaie de ne pas écouter lorsqu'ils me crient des vulgarités et font des gestes encore plus vulgaires.

« Installez-vous, sale ordure », ordonne le garde mais ils ne l'écoutent pas. Ils se concentrent entièrement sur moi, ce qui me rend gêné et je me mordille la lèvre, ignorant le flottement gênant dans mon estomac. Une fois que nous sommes à la dernière porte, ces battements se transforment en papillons purs et colorés et les coins de ma bouche se contractent à cause du besoin de lancer un sourire de pure joie.

Mais je ne peux pas sourire, ce serait trop évident. Tu n'es pas censé apprécier ça, Porsha. Contrôle-toi.

Le garde déverrouille la porte et je soupire quand mon cœur fait des montagnes russes dans ma poitrine à sa vue. Des cheveux châtain foncé, en désordre, des bras costauds saillants sous les manches de sa combinaison, des traits stridents et une barbe de trois jours. Des yeux indigo astucieux et frustrés se tournent vers moi, s'adoucissant au moment où ils se posent sur moi et transpercent sans s'excuser.

"Bonjour, M. Buchanan", je respire pendant que le garde se place dans le coin.

"Porsha", râle-t-il et je jure que sa voix est plus cocooning et apaisante qu'un bain moussant. Il m'appelle toujours Porsha et j'aime le fait qu'il n'ait jamais été formel avec moi comme s'il ne voulait pas de cette barrière entre nous. "Combien de fois dois-je te dire de m'appeler Giggs ?"

Jetant un coup d'œil au garde, j'acquiesce en murmurant : « C'est Giggs. » En me dirigeant vers la table, je me sens réchauffé par la façon dont il me regarde. Ou alors, c'est plutôt me scanner, comme s'il recherchait des choses qu'il trouve agréables, les collectionnant dans son esprit, comme le fait un collectionneur avec l'art. "J'espère que tu vas bien aujourd'hui", j'ajoute en tirant ma chaise et ses yeux jouent.

"Je vais bien." Ses yeux s'approfondissent de désir. "Maintenant que tu es là."

Mon pouls s'accélère et j'aimerais que la table ne soit pas entre nous. Il m'a manqué pendant le week-end. Il m'a tellement manqué que j'ai décliné les invitations de mes copines à aller en boîte et j'ai passé mes soirées à lui écrire des lettres. C'est ce que je fais. Je lui écris et il me répond. Le collège n'est pas au courant et le directeur non plus. C'est notre petit secret et nous nous connaissons plus intimement que nous ne sommes autorisés à le montrer. Mais pas physiquement. Physiquement, nous sommes de parfaits inconnus, nos peaux ne sont jamais entrées en contact, même une seule fois. En jetant un coup d'œil à ses mains menottées, j'aimerais pouvoir le tendre et le toucher. Effleurez simplement ses jointures du bout des doigts.

Ce serait suffisant. Ce serait tout quand nous n'avons pas du tout le droit de toucher.

Nous sommes affamés. Oui, mais personne n'est aussi affamé que Giggs et chaque fois que je suis près de lui, l'électricité pique entre nous jusqu'à ce que cela paraisse dangereux. Si jamais cet homme sortait de ses menottes, de la prison, libre de faire de moi ce qu'il voulait... Je deviens ému rien que d'y penser.

"Tu es magnifique." Son regard suit le modeste décolleté de mon chemisier mais à la façon dont il me regarde, je pourrais aussi bien être déshabillée et étalée sur la table. "Est-ce nouveau?"

"Cette vieille chose?" Je halete en faisant glisser ma main sur la soie. "Je l'ai trouvé au fond de mon placard." C'est faux, je l'ai acheté même si, en tant qu'étudiant, je n'ai pas vraiment les moyens d'acheter des marques sophistiquées. Mais je l'ai acheté parce qu'il épouse les courbes de mon corps et je pensais que Giggs l'apprécierait. Apparemment, j'avais raison.

"Ça te va. J'ai tout de suite attiré mon attention. Il penche légèrement la tête sur le côté. "Cela attire probablement beaucoup d'attention, point final." Ses sourcils se froncèrent, son visage soudain tendu. "Est-ce que ces connards t'ont dit quelque chose ?"

Oh non, bien sûr, c'est là que va son esprit... "Ils n'ont rien dit," je mens, "ils étaient amoureux. Je me suis à peine regardé.

Les yeux de Giggs se rétrécissent et je sais qu'il aurait préféré que je pique une crise et que je commence à crier et à pointer du doigt tous les prisonniers qui ont été grossiers avec moi en arrivant ici, mais cela ne ferait que causer des ennuis à Giggs. Il est impétueux, sa morsure est parfois pire que son aboiement. Il veut savoir pour pouvoir les menacer, les tabasser mais je compte bien me taire.

À vrai dire, Giggs a déjà eu assez de problèmes à cause de moi.

"Tu ne peux pas me protéger de tout", lui dis-je d'un ton doux mais cela ne fait que le frustrer et pendant une seconde, on dirait qu'il est sur le point de se détacher de ses menottes pour me prouver le contraire, alors j'ajoute rapidement : "Tu prêt à répondre à quelques questions ? »

Cela le distrait au moins, et je passe en revue les questions que j'ai préparées. Il ne mâche pas ses mots, répondant honnêtement et c'est le truc avec Giggs. C'est un homme à livre ouvert, un homme dur et travailleur.

Un homme innocent.

Et sans parler de protection. Et c'est sa tendance protectrice qui l'a mis dans ce pétrin en premier lieu. Jetant un coup d'œil au gardien qui nous surveille comme un faucon mais avec un air ennuyé puisqu'il ne nous entend pas, je murmure : « Il vous reste un an de prison. Je me lèche les lèvres et prends une gorgée d'eau. "Quelle est la première chose que tu comptes faire une fois dehors ?"

Ce n'est en fait pas une des questions officielles mais je la pose quand même.

En se penchant plus près, Giggs dit d'une voix rauque : "Je vais chercher une fille dès que je fais", commence-t-il et j'arrête de respirer, "Je vais frapper à sa porte et si elle est gentille, elle me laissera entrer. Première chose que je fais." Ce que je ferai, c'est chercher une fille à qui je pense jour et nuit.

Nos regards se croisent, s'embrassant même si nous ne pouvons pas et l'impatience me déchire. Je veux qu'il sorte maintenant !

"Et une fois qu'elle t'aura laissé entrer ?" Je chuchote. "Que feras-tu, alors?"

Il penche la tête sur le côté. « Qu'est-ce qui te rend si sûr qu'elle me laissera entrer ? Un homme agit différemment lorsqu'il n'est pas en cage.

J'avale. "Je sais juste. Elle n'hésitera pas.

Ses larges épaules se détendent et il incline le menton. « Alors je ferai tout ce qu'elle veut que je fasse. Je vais la serrer plus près et je ne la lâcherai pas.

Mes genoux s'effondrent et j'ai de la chance d'être assis. En m'agrippant aux bords de la table parce que je ne peux pas toucher Giggs, je dis d'un ton suppliant : « Un an, ce n'est pas beaucoup. Vous serez bientôt dehors.

Ses yeux brillent sombrement. « Et puis je serai là sur votre seuil. Je vous en supplie, vous ne m'avez pas oublié.

Jamais. Je ne l'oublierai jamais. Le stage se terminera d'ici deux semaines mais je continuerai à lui écrire, je lui rendrai visite dès que je pourrai. Une année, ça passera vite. Et je ne veux pas qu'il doute un jour de mes sentiments à son égard.

Ce stage n'était pas qu'une coïncidence. J'ai choisi cette prison et j'ai choisi Giggs exprès. Je l'ai fait parce que je voulais être proche de lui, même si ce n'est pas assez proche.

Mais ce sera un jour. Et puis... je l'accueillerai à bras ouverts et moi aussi je ne le lâcherai pas.

Chapitre 2.

Giggs

Que doit faire un homme pour obtenir un peu de pitié ici... On m'a dit que la prison serait dure mais non, c'est du gâteau. Ce qui est dur, c'est d'être menottée pendant que la fille qui erre sans arrêt dans mes pensées est assise en face de moi, écrivant consciencieusement dans son petit cahier avec une expression sérieuse sur le visage.

Porsha Picaut... Je tuerais pour toi, chérie.

Elle a tellement grandi depuis qu'elle a dix-sept ans. Ensuite, c'était une enfant maigre avec des cheveux emmêlés et un uniforme scolaire surdimensionné car, comme elle me l'a dit plus tard, il n'y avait pas de tailles plus petites. Je suis allé en prison quand elle avait cet âge, j'ai passé deux ans dans cet enfer sans entendre un seul rire de sa part. Même pas un, je vais bien, ne t'inquiète pas pour le méso, m'inquiétais-je en me demandant ce qui lui était arrivé. Puis j'ai commencé à recevoir des lettres. De jolies lettres, du genre que seule une fille peut écrire, et elles m'ont apaisé le moral et ont rendu cet endroit supportable. Nous nous écrivions régulièrement et puis arriva le jour où la petite étudiante devait faire un stage dans une prison.

Au début, j'étais fermement contre, je ne voulais pas qu'elle s'approche d'un pénitencier et je lui avais interdit de me rendre visite. Mais elle m'a tenu tête, a insisté et j'ai pensé que si je ne la laissais pas venir dans cette prison, elle devrait aller dans une autre, ce qui aurait été encore pire.

Et maintenant, elle est là. Je la vois régulièrement depuis près de deux semaines maintenant et elle n'a certainement plus dix-sept ans. C'est une femme adulte, avec des mèches auburn fluides et des yeux couleur de nuage avant la pluie. Mes yeux parcourent le corps qu'elle garde toujours recouvert de robes féculentes, de petits cardigans ou de chemisiers à froufrous. Elle les remplit joliment, le tissu tendant toujours sur ses hanches et son buste comme s'il avait hâte d'être le plus près possible de sa peau. Je connais ce sentiment. Bon sang... est-ce que je connais ce sentiment. En grinçant la mâchoire, mon corps ne peut s'empêcher de se tendre à chaque fois qu'elle laisse échapper un petit soupir. J'ai besoin de son souffle sur moi, j'ai besoin de connaître la fièvre dans sa peau et si son cœur s'accélère comme le mien chaque fois que nous sommes dans la même pièce.

Ces putains de gardiens de prison pensent qu'ils m'ont enchaîné mais ils n'ont rien à foutre. Ce qui m'entrave vraiment, c'est elle. D'un seul regard de Porsha, je me défait, d'un simple pincement des lèvres, je me transforme en un homme en flammes. Être enfermé pendant qu'elle est dehors est une torture. Mais aurais-je refait ce que j'ai fait si je devais le faire...

Bon sang ouais.

Son bien-être passe avant tout, avant mon confort, avant ma liberté. Le problème est que je n'ai jamais rien attendu d'elle, je ne pensais pas qu'elle me devait quoi que ce soit. Rien ne l'empêchait d'avoir dix-huit ans, de trouver un garçon sympa avec qui se marier et vivre heureuse pour toujours, mais Porsha a refusé. Au lieu de cela, elle m'attend, avec la patience d'une femme de soldat et cela me fait m'agenouiller chaque soir dans ma cellule en signe de gratitude. Putain, je sais ce que j'ai fait pour la mériter, mais j'ai peur de lui porter malheur.

À chaque instant de mon existence, j'ai peur qu'elle ouvre la bouche et me dise qu'elle m'abandonne. Qu'elle n'a tout simplement pas la patience et qu'elle doit continuer sa vie. Jusqu'à présent, ces mots n'ont pas encore été prononcés et elle m'assure qu'ils ne le seront jamais. Plus elle s'appuie sur moi, plus elle devient mienne. Et être à moi signifie n'appartenir à personne d'autre.

Si Porsha se retournait et partait avec un autre homme, à ce stade, je m'évaderais de prison, le traquerais et lui arracherais la tête. Cette fille a toutes les parties de moi pour elle et j'ai besoin d'avoir la même chose en retour. D'ici un an, je serai absent...

Nos regards se croisent à travers le bureau et elle pense la même chose que moi. Putain, ça va être beau, assez beau pour faire pleurer un homme adulte et mes poings se serrent, ma colonne vertébrale se redresse et je me penche par-dessus la table, essayant de me rapprocher et elle laisse échapper un halètement doux et frénétique...

"Buchanan, gardez vos distances », ordonne le garde et je fronce les sourcils. Si seulement je pouvais mettre la main sur lui, je ferais en sorte qu'il ne nous interrompe plus jamais et je tends le cou de frustration. Le tic-tac de l'horloge m'énerve, plus les secondes passent, plus Porsha est proche du départ.

Chaque fois qu'elle part, une partie cruciale de moi se flétrit et meurt, pour reprendre vie à son retour. Je trace ses traits soignés, la façon dont ses cheveux s'enroulent aux extrémités et le pli qu'elle a au milieu de sa lèvre inférieure. Elle portait du gloss, s'en enduisant la bouche jusqu'à ce que je lui demande de ne pas le faire. Je veux voir sa bouche être naturellement douce car cela me fait penser à d'autres endroits où elle est naturellement douce...

"Ça fait mal", murmure Porsha et mes yeux s'écarquillent, "ça fait mal de ne pas pouvoir être pleinement tienne."

Elle se tortille, l'inconfort évident dans son corps et la seule chose qui peut le faire disparaître, c'est moi. Bon sang... Je me sens impuissante, je ne peux même pas lui donner un foutu coup de joue sans qu'il y ait des répercussions. Une fois sortie, elle ne pourra même plus respirer. Je serai sur elle comme une ombre et je ne la laisserai pas quitter le lit à moins qu'elle ne me le supplie.

"Tu le seras", lui promets-je. "Tu seras tellement à moi que je pourrais même te le faire regretter."

Porsha laisse échapper un doux rire. "Je doute que..."

N'est-ce pas ? J'ai besoin qu'elle soit folle de moi. Tellement folle de moi qu'elle m'accepte même dans le monde réel avec un sourire aux lèvres.

« Le temps est écoulé », dit le garde et Porsha sursaute, son visage se tordant de détresse.

"Si tôt? Mais j'ai d'autres questions.

« Ouais, ce n'est pas mon problème. Déplacez-le.

Un pouls bat dans mes tempes. "Regarde comment tu lui parles, putain", je siffle et le garde fait un pas en arrière, ses yeux se plissant en signe de prudence, mais il prend ensuite son bâton et Porsha se tend.

"Non... j'y vais, j'y vais...", murmure-t-elle en se levant mais ses épaules s'affaissent et je n'aime pas la voir ainsi. Une porte s'ouvre derrière moi, mon propre garde sur le point d'entrer et je prends une profonde inspiration.

"Souris-moi avant de me quitter", dis-je et Porsha se retourne, affichant un pâle sourire mais c'est suffisant. Il me dit qu'elle se débrouillera sans moi, même si sans enthousiasme, mais je viens bientôt la chercher et ensuite je m'occuperai d'elle. Ensuite, je prendrai si bien soin d'elle que ses orteils se courberont. Une fois qu'elle est partie, toute la pièce donne l'impression que quelqu'un vient de jeter une grande cape dessus.

Il n'y a plus de brillance. Elle emporte tout avec elle. Et c'est comme si toutes les étoiles du ciel s'éteignaient soudainement.

Le ventre creux, je me lève une fois libéré de mes chaînes et je suis le gardien porte après porte jusqu'à ce que nous arrivions à ma cellule. Il déverrouille les menottes et ma cellule s'ouvre.

"Vous passez une agréable soirée maintenant", sourit-il joyeusement et je marmonne à voix basse avant d'entrer dans ma boîte 9X6. Je fronce les sourcils lorsque je surprends mon compagnon de cellule debout dans un coin, son langage corporel raide et il fait face au mur. Si je voulais être décent avec lui, je lui demanderais quel est son problème mais comme ce n'est pas le cas, je ne dis rien.

En me dirigeant vers mon lit, je glisse mes mains sous l'oreiller pour en sortir les lettres que je garde de Porsha. Lire ses affections me mettra de meilleure humeur mais je me refroidis quand je ne les trouve pas. Je réagis avant de réfléchir, attrapant mon compagnon de cellule par les épaules et le repoussant. Il trébuche, tombe par terre et laisse tomber les enveloppes qu'il avait dans les mains et les lettres avec des fleurs dans les coins et des écritures girly éparpillées sur le sol. Le papier sent Porsha, les framboises saupoudrées de sucre parce qu'elle les vaporise avec sa brume corporelle et maintenant, cette odeur a été ressentie par un autre homme.

Il a lu les mots qu'elle m'a écrit. Des mots privés sur la façon dont elle se réserve pour moi, comptant les jours jusqu'à ce que son corps soit à moi et il y a des photos d'elle, de son visage souriant et une où elle porte un haut avec un cœur rouge. Il n'y a pas de soutien-gorge en dessous. La seule chose qui cache sa pudeur, ce sont ses cheveux et je serre la mâchoire en regardant ma compagne de cellule.

Une bosse perce son pantalon et je m'évanouis presque de rage. Le tirant par le col, je le frappe poing après poing jusqu'à ce qu'il se contracte comme s'il était électrocuté. Il appelle les gardes mais je ne m'arrête pas. Je me fiche de ce qu'ils me font parce que ce putain de pervers est sur le point d'avoir un tout nouveau visage...

"Assez !" crie un gardien en entrant dans la cellule et il essaie de m'éloigner sans grand succès. Je roule à l'adrénaline pure, prêt à affronter dix hommes si besoin est. Il me tire, baissant les yeux vers le sol et voyant la raison de ma réaction, il laisse échapper un petit rire surpris. « Putain, je ne serais pas trop dur avec lui si j'étais toi, Buchanan. Cette fille fait saliver toute la prison... »

En me retournant, je pose mon poing sur sa mâchoire et il laisse échapper un son de douleur explosif. J'ai disloqué l'os et d'autres gardes sont entrés en courant dans la cellule. Le chaos éclate, les poings volent, les coups de pied dans les côtes puis quelqu'un parvient à utiliser un Taser sur moi. Bon sang...

Attrapé des deux côtés, je suis traîné hors de la cellule et je sais où ils m'emmènent. Isolement. Jeté dans une fosse sombre, je glisse le long du mur, enfouissant mon visage dans mes mains. Je tremble encore de fureur et la seule chose qui fait baisser ma tension artérielle, c'est de penser à Porsha. Peu importe ce qu'ils me font, je trouverai toujours un moyen de l'atteindre. Même s'ils me tuent et m'enterrent, je ressusciterai des morts.

Je vais passer au bulldozer. Je vais massacrer. Je vais même ravaler ma fierté et plaider. Il n'y a pas de moi sans Porsha. Elle est à moi et je suis à elle. Et plus elle s'éloigne de moi, plus je la serrerai fort.

Chapitre 3

Porcha

Le mercredi n'est donc pas mon jour préféré. Je ne vois rien de pire que d'être en prison et de ne pas voir Giggs. J'essaie de me dire d'être patient, que je le verrai vendredi et qu'au moins je suis dans le même immeuble que lui mais ça n'aide qu'un peu. En rangeant mes papiers, je commence à écrire mes notes dans un document ouvert lorsque le directeur s'éclaircit la gorge derrière moi.

"Oui, M. Kowalski?" Je demande en me retournant. "Plus de café?"

Il frémit. "Plus de caféine, ça me donne le trac et apparemment ça me fait perdre la tête aussi." Il baisse ses lunettes. "Je suis désolé, mademoiselle Picaut mais il y a quelque chose que j'ai oublié de mentionner."

"J'écoute", je murmure en dressant mes oreilles. Il tire sur sa cravate avant d'ouvrir une fenêtre et les odeurs de la rue animée inondent la pièce.

«Malheureusement, nous allons devoir prendre de nouvelles dispositions. Je crains que le travail que vous avez accompli avec le prisonnier 05 doive être interrompu.

Mon cœur commence à se briser et je m'agrippe au dossier de ma chaise. "Est-il malade?" Et je suis prêt à me précipiter vers l'hôpital, sans me soucier des conséquences...

« Rien d'aussi grave que ça. Il va juste être transféré dans une prison à sécurité maximale avant le week-end... Mademoiselle. Picaut !

Il s'exclame cela parce que ma tête est tombée en arrière comme si j'étais sur le point de m'évanouir. Je me redresse, essayant d'ignorer les points noirs qui dansent devant mes yeux. "Sécurité maximale?" Je croasse. "Qu'est ce qu'il a fait?"

«Agressé un autre détenu et un gardien.» M. Kowalski se frotte la barbe. "C'est regrettable. Le prisonnier 05 est connu pour son bon comportement et je ne suis pas sûr de ce qui lui a pris de devenir un voyou tout d'un coup... même si on ne peut jamais le savoir avec ces criminels. Ils sont imprévisibles. Tous." Posant une main sur mon épaule, il marmonne : « N'aie pas l'air si inquiet. Nous vous affecterons un autre détenu si nécessaire.

Je m'étouffe presque dans la petite pièce, mon pouls s'accélère comme s'il était poursuivi et je passe mes mains sur ma jupe, me tortillant lorsque les larmes me piquent les yeux. « Puis-je au moins le voir une dernière fois ? Juste pour reprendre quelques fils détachés ?

«Bien sûr, j'aurais dû y penser moi-même», dit M. Kowalski à mon soulagement et il appelle un garde. Je me lève sur des jambes tremblantes et j'ai l'impression que mon corps passe en mode automatique alors que je marche dans les couloirs. Une partie de moi refuse de croire cela et apparemment, mon mécanisme de défense consiste à nier que cela se produit. Ayant l'impression que je suis sur le point de me dissoudre, je fais quelques pas en courant avant d'être arrêté et on me dit de ralentir.

Mais je ne peux pas. Ma respiration est irrégulière et il ne s'agit pas seulement de son transfert dans une autre prison. Vous n'avez pas besoin d'être un génie pour comprendre que Giggs ne sera pas un homme libre d'ici un an. La porte s'ouvre et j'entre. C'est notre dernière fois, la dernière fois que je pourrai le voir et il est assis au bureau, la tête pendue mais il sursaute quand il me sent.

"Porsha..." commence-t-il, son ton chaleureux comme toujours mais je croise les bras.

« Ne me fais pas Porsha. Pourquoi as-tu fait ça ? Je suis sur le point de taper du pied de colère. "Ça n'en valait pas la peine!"

"Ouais, ça l'était", grogne-t-il, ses yeux remplis de fureur et je me fige. Il n'y a qu'une seule chose qui le pousse à agir avec violence, une seule chose qui pourrait l'inciter à utiliser ses poings contre d'autres mâles.

"Cela avait quelque chose à voir avec moi, n'est-ce pas ?" Je halete. Il refuse de répondre mais je sais que c'est vrai. En tendant mon bras, ma voix est pleine de tristesse quand je respire, "Oh Giggs, j'ai toujours des ennuis à cause de moi..."

Je m'assois et je m'en fiche que le garde nous regarde avec confusion. On a l'impression d'être seuls car il n'y a plus besoin de faire semblant. C'est fini. C'était fini quand c'était censé commencer.

"Mon cœur est arraché de ma poitrine", je murmure, "je pense qu'il veut venir avec toi."

Ses yeux bougent. « Reste fort pour moi comme je sais que tu le peux. Attendez-moi et ne laissez aucun autre homme me remplacer. Sa mâchoire fléchit. "Je trouverai un moyen pour que nous soyons ensemble."

"Mais comment...?" Je halete. "Vous ne pouvez pas traverser les murs, vous êtes entouré de gardes 24h/24 et 7j/7..." Je prends une profonde inspiration. "Si seulement tu avais été un peu moins possessif, un peu moins impétueux..." Je me mords la lèvre pour empêcher les larmes de couler. "Et si quelqu'un dit quelque chose à mon sujet, ou fait quelque chose que tu penses être un crime contre moi..."

Les poings de Giggs se serrent.

« Personne ne souille votre honneur sous ma surveillance », grince-t-il. « Je me battrai pour toi jusqu'à la dernière goutte. Tu as mon dévouement, Porsha. Quiconque vous déshonore me déshonore et il souffrira. Croyez-moi, ils vont souffrir, putain.

Ce. C'est pourquoi il compte tant pour moi. Une boule se forme dans ma gorge, mes yeux me piquent comme si les cascades montaient.

"Comment vais-je pouvoir supporter de ne pas te voir..." Je m'arrête et comme je ne peux pas m'en empêcher, j'éclate en larmes. Ils inondent mon visage sans pitié et rendent tout flou. Dans le flou, je regarde le visage de Giggs s'adoucir et il murmure d'un ton doux :

« Honeychild... », sa voix est pleine de chagrin et il secoue la tête, « viens ici ».

Je ne devrais pas, je devrais rester sur place mais mon cœur a son propre esprit et je cours autour du bureau, jetant mes bras autour de lui, mes lèvres atterrissant quelque part autour de son cou et il laisse échapper un gémissement effréné. Il ne peut pas me toucher et cela l'irrite, tout son corps se tendant d'un besoin désespéré. Je braille, le tenant fermement et j'ai l'impression qu'une seconde seulement avant d'être projeté loin de Giggs et je trébuche en arrière, haletant.

Ce petit trébuchement et l'emprise du garde sur moi font décourager Giggs et il secoue violemment la table.

"Enlève tes sales mains d'elle", grogne Giggs et je halete sous le choc quand il se lève, faisant basculer la chaise et la table. « Laissez-la venir à moi si elle le souhaite. »

"Continuez à rêver, Buchanan", ricane le garde et le visage de Giggs se tord de fureur.

"J'ai dit qu'elle vienne à moi!" il rugit et je crie quand il se jette sur nous. Je me jette sur le côté, regardant avec horreur Giggs plaquer le garde contre le mur, en utilisant la table. Il le maintient en place en grognant : "Porsha, prends les clés ou je te ferai du mal."

Il me menace pour ne pas faire de moi un complice et gémit, je prends les clés du gardien et quand Giggs me dit d'ouvrir ses menottes, je le fais avec les mains tremblantes. Dès qu'il est libre, il assomme le garde, puis utilise la table pour bloquer une des portes puis il se tourne vers moi.

Le temps s'arrête. Mon corps prend le dessus, mon esprit se vide et avec un cri je cours vers lui quand il écarte largement les bras. Avec un gémissement, ressemblant à celui que vous faites à la première cuillerée d'utopie, il enroule ses bras autour de moi, mes jambes accrochées à sa taille et se croisant au niveau des chevilles alors qu'il recule vers l'autre porte.

Haletantes, nos bouches se rencontrent dans un fracas, notre premier baiser fait fondre mes sens et même les genoux de Giggs vacillent. Les feux d'artifice explosent, me faisant gémir d'abandon. Ses mains enveloppent mes fesses, les serrant et les tâtonnant avec le genre de possessivité que toute bonne fille craint parce qu'elle sait qu'elle fera tout pour l'homme qui lui fait ressentir cela. Nos corps grincent, ayant besoin d'être si proches que même l'air n'a aucune chance de s'interposer entre nous. Devenant chaud, je halete quand Giggs tire ma tête sur le côté, se déplaçant sur le côté de ma gorge et je crie quand j'ai l'impression d'être poignardé par des picotements de chaleur.

"Oh, ne fais pas ça!" Je plaide quand je me transforme en un désordre brûlant entre mes jambes. "Je n'en peux plus..."

"Pourquoi pas ?" Giggs grogne. "Tu prendras tout ce que je te donne." Il se jure, en donnant une pompe avec ses hanches qui me fait presque défaire comme un ruban sur un cadeau précieux. "J'en suis à ma dernière once de contrôle... je veux être en toi... tellement...", grince-t-il entre ses dents et sa voix est gutturale comme s'il était à peine capable de parler. Notre baiser, ce sont toutes nos lettres d'amour écrites déversées dans la rencontre de nos lèvres, ce moment si spécial que j'aimerais que nous puissions nous cristalliser dans un verre incassable et ne jamais nous briser.

"Giggs", je gémis, en le tenant si près que j'ai peur de couper son alimentation en air, "s'il te plaît, ne les laisse pas t'éloigner de moi..."

«Ils peuvent essayer», dit-il d'une voix qui me fait même frissonner et qui me donne une pincée d'espoir et je m'y accroche de tout mon cœur. "Chérie, tu es tout ce que j'ai. Je vis et meurs avec tes seules respirations.

Nos émotions sont bouleversées et nous respirons, nous regardons et la connexion est plus forte que l'acier forgé dans le feu. Je ne rencontrerai jamais un autre homme comme lui et si nous ne nous reverrons jamais, je me souviendrai de lui pour le reste de ma vie. Restez fidèle, seulement à lui.

Je gémis quand la porte derrière Giggs commence à trembler. Il le bloque mais les gardes ne tarderont pas à entrer. Mes yeux s'écarquillent lorsque la porte qui est derrière moi s'ouvre brusquement, des gardes rapides m'atteignent avant que j'aie le temps de cligner des yeux et ils m'arrachent à Giggs.

"Noooon...", je supplie, en lui tendant la main tandis que mon cœur se poudre dans ma poitrine. "S'il te plaît..."

"Porsha", grogne Giggs, me tendant furieusement la main, mais alors qu'il le fait, les gardes arrivent derrière lui, l'attrapant et il se débat.

"Lâche-moi, putain !" Il se débat, parvient presque à se libérer mais ils le menottent et l'éloignent. "Porscha...!" dit-il, presque paniqué alors que les larmes coulent sur mon visage et le traînent dehors.

L'appelant, je le regarde, impuissant, pendant qu'il les combat puis il se jette sur la vitre qui permet de regarder à l'intérieur de la pièce.

"Porsha !" beugle-t-il en se pressant contre la vitre, son visage plaqué contre celle-ci et il me regarde avec des yeux féroces comme s'il préférait mourir plutôt que de me perdre de vue et je gémis. "Enfant de miel...!" il rugit et je presse mes mains contre mes oreilles pour ne pas entendre les échos et les tonnerres de son agonie alors qu'ils l'entraînent plus loin.

Baissant les yeux, je me mords la lèvre pour empêcher d'autres larmes de couler et j'effleure mes joues mouillées. Je pleure plusieurs fois et quand je me tourne vers les gardes, ils me regardent avec des expressions froides.

"Le directeur veut vous parler."

Je suis tellement furieux contre eux que je me contente de serrer les poings et de leur lancer d'énormes yeux de côté, mais je les suis, mes jambes marchant toutes seules. En entrant dans le bureau, je me prépare tandis que M. Kowalski me dit sévèrement de m'asseoir. Reconnaissante de donner à mes genoux une pause pour ne pas trembler, je m'assois avant de le regarder attentivement.

En posant ses mains sur ses hanches, il dit : « J'exige que vous me disiez ce qui se passe en ce moment. Jamais au cours de mes 24 années de direction dans cette prison, je n'ai vu quelque chose de pareil. Il me montre du doigt. "Et c'est toi, petite dame, qui est responsable !" Il secoue la tête. "Mon pauvre esprit est ahurissant... continuez alors, crachez-le."

"Vous savez pourquoi Giggs... le prisonnier 05 est ici ?" Je demande et ma voix tremble tandis que M. Kowalski hoche la tête. Avec un murmure, j'ajoute : « Je suis la petite fille qu'il a sauvée. »

Cela s'est produit au début du printemps. J'étais en route pour le lycée. Chaque jour, j'empruntais le même chemin, celui où je devais traverser un chantier. Giggs était l'un des travailleurs. Je me souviens de l'avoir remarqué à plusieurs reprises et chaque fois qu'il me surprenait en train de regarder, il faisait un rapide signe de tête et je sentais que nous avions une connexion spéciale même si ce n'était qu'à distance. Et avant même que je sache à quoi il ressemblait, il m'a semblé héroïque.

Cette journée a commencé comme les autres. Je passais devant le site quand j'ai été soudainement entraîné dans une ruelle voisine par l'un des collègues de Giggs. Ses mains tiraient sur ma veste, essayant d'atteindre les boutons de ma chemise lorsque Giggs a fait irruption dans cette ruelle comme un sauveur. Il a frappé le délinquant sans hésiter, sans se retenir.

Et il l'a battu jusqu'au coma.

Giggs dit toujours que si les flics n'étaient pas arrivés, il l'aurait tué.

Je frissonne en regardant le réalisateur qui me regarde.

« Pourquoi n'en ai-je pas été informé ? Si tel était le cas, il serait hautement contraire à l'éthique de vous permettre d'effectuer votre stage ici.

"Vous avez raison... je suis désolé, M. Kowalski."

Le réalisateur prend une profonde inspiration et la rougeur de son visage s'estompe. "Ne pas s'inquiéter. Ce n'est pas ta faute. Mon opinion professionnelle est que 05 est le seul responsable. Il sourit. "Au moins maintenant, tu peux expirer, sachant que 05 ne pourra jamais t'atteindre depuis la prison où il va."

Il me fait un clin d'œil. "Et je veux dire, jamais."

Mais... il ne connaît pas Giggs. Il trouvera un moyen, il l'a promis et je suis convaincu qu'il le fera. Cela peut prendre des années, voire des décennies, mais Giggs... il m'aura.

Chapitre 4

Giggs

Le camion est bondé. Nous sommes environ cinq et je regarde droit devant moi tandis que les roues roulent. Je ne peux pas m'échapper pendant que je suis en prison, donc la seule façon possible de le faire est pendant que nous sommes sur les routes. Bon sang... Je me suis plongé dans un véritable chaos mais je vais m'en sortir. Porsha et moi serons ensemble, quel qu'en soit le prix, et je serre les poings en me disant d'être patient.

Mais c'est dur quand la sensation de ses lèvres s'attarde encore sur les miennes. En me léchant la bouche, je me souviens de son goût sensuel, de la façon dont les courbes de son corps se fondaient dans mes bords et les rendaient supportables. Je n'ai jamais ressenti quelque chose d'aussi doux et chaleureux, d'aussi agréable, comme si elle avait été créée en pensant à moi. En grandissant, mes pairs m'ont dit qu'il n'y avait pas qu'une seule femme capable de satisfaire un homme seule.

Maintenant, leurs commentaires me font rire parce qu'ils n'auraient pas pu se tromper davantage. Elle fait plus que satisfaire et rassasier. Porsha me met fin. Giggs Buchanan est un processus en désordre continu, mais avec elle, je boucle la boucle. Ce n'est qu'avec Porsha que je suis complet et que je suis l'homme pour lequel j'ai été créé. Un protecteur, un pourvoyeur.

Je travaillais dans la construction et je pensais que construire de mes mains était ce que j'étais censé faire pour le reste de ma vie. Ce n'est pas. Mes mains sont destinées à Porsha, pour l'élever si haut qu'elle ne voudra jamais descendre. Avec moi, elle n'aura pas à le faire.

Tant que je parviens à m'échapper, c'est...

Me déplaçant sur mon siège, je maudis intérieurement lorsque j'attire l'attention d'un des gardes.

"Je ne suis pas sûr d'aimer ton expression, Buchanan," dit-il d'une voix traînante.

"Alors détourne le regard."

Le garde rit. « Drôle. » Ses yeux se plissent. "Vous n'avez aucune idée, n'est-ce pas ?"

"Aucun."

Mes réponses plates l'amènent à tourner son attention ailleurs et je regarde par la fenêtre. Nous sommes sur une autoroute avec des épicéas de chaque côté. Bientôt, nous arriverons à un virage près du lac et c'est là que je fuirai. En resserrant mon corps, je respire profondément pour me vider la tête et j'ai déjà commencé à crocheter mes serrures avec une aiguille de type maison. À l'approche du virage, un détenu à côté de moi regarde mes mains.

"Que fais-tu ?"

"Occupez-vous de vos putains d'affaires", je grogne dans ma barbe, sachant que je vais le tuer ici et maintenant s'il fait quoi que ce soit pour arrêter ou ralentir ma tentative d'atteindre Porsha. Il détourne le regard mais c'est trop tard.

"Hé ! Ne vous parlez pas tous les deux », glapit le garde en se levant et il laisse échapper un bruit de choc et tombe sur son siège lorsqu'une balle passe à travers la fenêtre, en sortant d'une autre. C'est mon complice, un ancien criminel qui a accepté de faire ça à son tour contre une forte somme. Le camion tourne en rond, perdant du terrain et le conducteur essaie de diriger mais échoue et s'écrase contre un arbre. Libéré de mes menottes, j'attrape le pistolet du garde, j'ouvre la porte arrière et je saute hors du camion.

Certains autres prisonniers crient à mon aide mais je les ignore et je cours dans les bois. Les balles volent après moi, touchent l'un des arbres et je me baisse, tirant moi-même avant de m'enfoncer de plus en plus profondément dans la forêt. L'adrénaline monte, mes muscles sont plus tendus que l'acier et je suis couvert de sueur mais je cours... et je cours. Le voile de la liberté finit par tomber sur moi et un sourire s'affiche sur mon visage.

Porsha... bientôt nous serons ensemble...

Mais d'abord... et ce sourire se transforme en ricanement... d'abord, il y a un hôpital que je dois visiter.

****

Il me faut près d'une demi-journée pour localiser où habite Porsha, sans me faire prendre. Elle ne vit pas sur le campus mais dans une maison aux allures de cottage pas trop loin de son université. C'est vert avec des coins blancs et il y a des voisins mais ils ne sont pas si proches qu'ils poseront problème.

J'enlève ma combinaison, je porte des vêtements normaux que j'ai récupérés en chemin et je glisse une paume sur mon jean. Cela fait des années que je n'ai pas porté autre chose que du orange et c'est un sentiment bienvenu. Ainsi, je me sens un peu plus comme un homme naturel et moins comme un animal en cage. Passant une main sur mon visage, j'étire mon cou pour pouvoir voir par les fenêtres. J'espère qu'elle ne croit pas aux mensonges qu'ils racontent à mon sujet. Je sais qu'elle n'a pas peur de moi, mais les médias sont en ébullition depuis les heures où je me suis échappé. Ils ont été rapides avec l'histoire et ils ont été rapides avec sa narration.

Mon visage fait la une des journaux et je suis représenté sous un jour peu flatteur. La façon dont ils parlent de moi me donne l'impression d'être un fou qui se déchaîne violemment dans toutes les directions. Ils ont tort. Je ne réponds avec violence que lorsque Porsha en a besoin.

Au fond, je sais que Porsha n'est pas du genre à croire leurs mensonges, mais je ne veux pas prendre de risque et la voir crier et essayer de s'enfuir de la maison en plein jour. Je me tends lorsque j'aperçois la silhouette de Porsha dans l'une des fenêtres. Elle est vêtue uniquement de ce qui ressemble à un body en lingerie, un vêtement satiné de couleur lavande et j'ai l'eau à la bouche à sa vue. Soulevant ses cheveux d'une main, elle évente son cou de l'autre. Son visage est tourné vers la télé, un froncement de sourcils entre ses sourcils.

La chaîne d'information est allumée. Génial...

Assise sur l'accoudoir, elle croise les jambes et mon regard se tourne immédiatement vers ses cuisses. Ils ont l'air si comestibles que je suis saisi d'une envie irrésistible de les répandre. Ces cuisses brûlées par le soleil sont à moi, ce qu'il y a entre elles est à moi. Bientôt... bientôt je l'aurai dans mes bras et à cette pensée mes yeux papillonnent. Je sais déjà ce que ça fait de la tenir, mais c'est arrivé en prison et elle m'a été arrachée trop tôt. La perdre comme ça... me la faire enlever tout en regardant la détresse sur son visage... cela m'a coupé de l'intérieur, m'a presque déformé et j'ai voulu massacrer tous les hommes de cet établissement.

Dans mes bras, elle était en sécurité, alors là où elle était censée être, puis ils l'ont emmenée. Seul un miracle aidera celui qui tentera à nouveau de me l'enlever. Je ne la laisserai jamais m'échapper et je me souviens encore de la façon dont elle m'a tendu la main. Ses doigts fins frissonnaient comme si tout son corps était en ébullition. La mienne était dans la même tourmente, mon instinct masculin me détestant lorsque je ne parvenais pas à la joindre.

Plus jamais. Je préfère mourir plutôt que d'être à nouveau séparé d'elle.

L'éclat est de retour comme toujours quand elle est là et il fait scintiller tout mon monde, l'embellit et le rend digne de se battre. Seul un homme qui possède quelque chose de substantiel ferait ce que j'ai fait, risquerait ce que j'ai risqué. Même si les forces de l'ordre étaient venues maintenant, cela aurait valu la peine d'apercevoir son visage une dernière fois. Levant le menton, je fronce les sourcils lorsque Porsha se lève et qu'elle entre dans sa chambre et cherche une robe d'été accrochée à un cintre près du placard. Elle l'enroule étroitement autour d'elle jusqu'à ce qu'elle soit enfermée dans du jaune pastel, avant de se diriger vers sa vanité. En se regardant dans le miroir, elle se brosse les cheveux et rougit.

Pour qui se déguise-t-elle ? Où est-ce qu'elle va? Cela ne peut pas être l'épicerie ou la salle de sport...

En grinçant des dents, je prends une profonde inspiration. Elle va probablement prendre un café avec un ami. C'est ce que font les étudiantes, n'est-ce pas ? Ouais, mais ils font aussi la fête et ils ont tendance à être entourés de gars. Mes yeux se serrent et si Porsha essaie d'être jolie pour un autre gars, alors je vais devoir ajouter le meurtre d'un collégien à ma liste de crimes. Je me redresse et serre les poings. Détends-toi, ne t'énerve pas. Je lui ai dit de ne jamais me remplacer par un autre homme et je sais qu'elle m'écoute. Savoir à quel point elle est loyale me donne la paix, mais je préférerais quand même savoir où elle va.

Et il existe un moyen de le savoir. En suivant chacun de ses mouvements.

Chapitre 5

Porsha

Il fait plus chaud qu'un sauna aujourd'hui... et j'ai l'impression que ma fine robe en coton est trop chaude. J'aurais préféré ne pas aller nulle part et rester à la maison, tracer un glaçon le long de mon cou jusqu'au coucher du soleil, mais j'ai été invité et ma mère m'a toujours dit que refuser les invitations n'était pas poli, à moins d'être pauvre.

Cependant, je suppose que je vais mal... Le chagrin d'amour compte-t-il ?

En entrant dans le salon, j'ai des frissons dans le dos lorsque je regarde les informations. Il s'est échappé. Il y a quelques heures, Giggs a réussi à devenir un homme libre mais traqué et je me tords les mains. Les flics étaient là plus tôt, ils posaient des questions et ils m'ont dit d'appeler si j'entendais ou voyais quelque chose.

Comme si je ferais ça. Comme si j'allais faire quelque chose qui pourrait nuire à Giggs. Les questions me tourmentent l'esprit et le pire c'est que je n'arrive pas à obtenir de réponse.

Est-ce qu'il va bien ? Parviendra-t-il vraiment à éviter de se faire prendre ?

Et égoïstement, je me demande aussi s'il viendra me chercher après avoir fait profil bas pendant un moment. Une fois que tout se sera calmé, Giggs sera-t-il là à ma porte, comme il l'avait dit ? Mon cœur bat vite et je me frotte les lèvres, me souvenant de la façon dont il m'a embrassé et des picotements qui assaillent mon ventre. C'était parfait et le baiser a tellement intensifié notre connexion que je sais que même si nous passons notre vie séparés, elle ne se brisera jamais.

Regardant mes doigts, je soupire quand je remarque du rose vif dessus, mais un sourire traverse mon visage. Giggs n'a jamais aimé que je porte quoi que ce soit sur la bouche et je suppose que je vais laisser ça comme ça. Mais pourquoi ? Juste au cas où il reviendrait ? Porsha, ce n'est pas parce qu'il s'est enfui qu'il sera assez téméraire pour venir immédiatement te chercher...

Et oui, Giggs est prêt à risquer beaucoup pour moi mais pas tout et je hoche la tête. moi-même. C'est mieux ainsi de toute façon. Il est plus sûr pour lui d'attendre le bon moment. Attrapant les clés que je garde dans un bol, je les mets dans mon sac à main en crochet et je prends une profonde inspiration.

Cela apaise une partie des tremblements qui ont régné dans mon corps toute la matinée. Je ne pouvais même pas prendre le petit-déjeuner ou faire ma lessive. Tout ce que je pouvais faire, c'était faire des allers-retours devant la télé en me rongeant les ongles. J'ai été très nerveux pendant tout ce temps. Peut-être que socialiser m'aidera un peu et décidant d'y aller, je me dirige vers la porte et après avoir verrouillé, je mets la clé sous un cactus.

Là où je vis, c'est en fait sûr de faire ça, croyez-le ou non et jetant mon sac à main sur mon épaule, j'affiche un sourire sur mon visage et je marche sur le chemin qui mène à la prairie. Il fait un peu plus frais ici dans les bois, les cimes des arbres donnent l'ombre dont j'ai tant besoin et je n'ai plus l'impression que je suis sur le point de me transformer en flaque d'eau. Mon estomac se noue lorsque j'entends des rires, des paroles et des cris d'enfants.

Un pique-nique. C'est tout à fait normal, même pour une fille dont le cœur appartient à un condamné en fuite.

La majeure partie du quartier est ici et nous sommes tous assez soudés. Je suis l'un des plus jeunes sauf si l'on compte les enfants, le reste des couples d'âge moyen. En agitant la main et en faisant ma meilleure imitation d'une publicité pour dentifrice, je salue tout le monde, m'assois sur une couverture et laisse échapper un rire lorsque je suis immédiatement attaqué par un teckel qui appartient à une dame plus âgée. Sortant un gâteau que j'ai acheté au supermarché (qui est ma seule contribution à ce pique-nique), j'accepte alors un verre de limonade lorsqu'on me le propose.

C'est un peu acide à mon goût mais je bois tout quand même. Je fais de mon mieux pour participer aux conversations, mais je ne trompe vraiment personne et tout le monde peut voir à quel point je suis distrait. En arrachant les pétales d'une marguerite, j'en ai finalement assez et je me lève, décidant plutôt d'aller jouer au Frisbee avec les enfants.

Ils sont fous de joie, trébuchent presque et cela me fait vraiment sourire. Nous jouons pendant près d'une demi-heure jusqu'à ce que mon bras commence à me faire mal et que j'aie à nouveau soif. En allant chercher un peu plus de limonade, je me fige lorsque j'aperçois un mouvement entre les arbres.

Utilisant ma main pour me protéger du soleil, je plisse les yeux pour mieux voir. Est-ce que quelqu'un vient de passer ou est-ce juste quelque chose que je pensais avoir vu ? Je me mords la lèvre, surprise de sentir un frisson me parcourir le dos, comme si quelqu'un me regardait.

"Tu es pêche, Porsha?" demande un de mes voisins nommé Hank avec un sourire et j'acquiesce rapidement. "Vous êtes sûr? Pourquoi ne t'assois-tu pas ? Nous sommes sur le point d'ouvrir le Prosecco.

"Merci, mais je pense que je vais passer", je murmure, regardant toujours les bois. "Il y a un devoir que je dois écrire..."

"Excuses, excuses", dit Hanks en roulant des yeux et sa femme, Halle, acquiesce.

« Reste encore un peu et pars avec nous. La nuit est sur le point de tomber et je ne pense pas que tu devrais aller quelque part seul.

"Pourquoi pas?" Dis-je, mon esprit absent et il n'y a plus aucun mouvement parmi les arbres maintenant. Mais le teckel se tient devant le bois, poussant des jappements sans oser entrer.

« Tu n'as pas entendu ? Un camion entier de condamnés a été détourné et l'un d'entre eux a réussi à s'échapper. Je pense qu'il s'appelle Buchner ou quelque chose comme ça... »

« Buchanan », je respire et même prononcer son nom me fait mal.

"C'est celui-là. Ils disent qu'il est incroyablement violent et qu'il représente un danger pour tous les hommes, femmes et enfants. Hank prévoit de veiller toute la nuit, juste pour me protéger, moi et les enfants.

Je ressens un éclair de contrariété. « Il ne faut pas croire tout ce qu'on entend. Ils exagèrent comme ils le font toujours.

Hank rit. « Bon sang non... J'ai vu les photos de ce condamné. Cette cruauté autour de sa bouche, le mal pur qui brille dans ses yeux... »

Un sentiment protecteur éclate en moi.

"Pas vrai!" Je laisse échapper avec colère. "N'ose pas parler...", je m'interromps quand ils se contractent, me regardant comme si je venais de leur dire que je ne me lavais jamais. "Ce que je veux dire, c'est que certains prisonniers sont bien plus innocents que vous ne le pensez."

Le couple se regarde, pas l'air convaincu et les joues rouges, j'attrape mon sac à main et je m'en vais. Je sens leurs yeux dans le dos et ils doivent penser toutes sortes de choses à mon sujet. Comme c'est embarrassant ce qui vient de se passer. J'aurais dû garder la bouche fermée, mais mes émotions ont pris le dessus sur moi. Je ne supportais pas de les entendre dire du mal de Giggs, c'est tout.

Aucun d'eux n'était dans la ruelle avec moi cette fois-là. Ils ne savent pas ce qui s'est passé et ils ne savent pas ce qui serait arrivé si Giggs n'avait pas été là pour moi. Quand je lui ai demandé pourquoi il s'était mis en danger pour une fille qu'il ne connaissait même pas, il m'a répondu que tout ce qui est bon doit être gardé en sécurité.

J'ai la gorge nouée parce qu'il y avait d'autres ouvriers sur le chantier et eux aussi ont vu ce qui s'était passé mais ils n'ont rien fait pour m'aider. Giggs l'a fait. Et il l'a payé cher et c'est tellement injuste que ça me fait bouillir. En marmonnant, je me dépêche de rentrer chez moi et je suis tellement énervé que je remarque à peine que la nuit est tombée.

En soulevant le cactus, je récupère la clé, déverrouille la porte et une fois dans mon propre couloir, je prends une profonde inspiration. Je sursaute lorsque le coucou sonne. Je laisse échapper un petit rire à cause de ma propre nervosité mais il semble y avoir quelque chose de différent dans l'air, une sorte d'électricité... En m'en débarrassant, j'entre dans le salon et vérifie très rapidement mon ordinateur. Le document avec mon article est toujours ouvert mais je n'ai pas envie de travailler dessus maintenant.

Et j'ai surchauffé à cause de la marche rapide. Je pourrais probablement utiliser ce glaçon et sans allumer la lumière, j'entre dans ma cuisine et ouvre le congélateur. En mettant ma main dans le seau, je me tends lorsqu'il y a un mouvement dans l'ombre derrière la porte du congélateur.

En poussant un cri, mes yeux s'écarquillent lorsqu'une silhouette se jette sur moi, couvrant ma bouche avec sa paume et nous tombons au sol. Je me débats sous lui, essayant de crier sous sa grosse main quand j'aperçois un soupçon de quelque chose de boisé et de mâle provocateur. Je connais un homme qui sent comme ça...

Mes yeux s'écarquillent, forçant une paire que je reconnais plus que bien et je commence à trembler, incapable de faire fondre cela et il retire lentement sa main. "Giggs...", je sanglote, inondé de soulagement féminin lorsqu'il prend mon cou en coupe et verrouille sa bouche sur la mienne.

« Doux chéri... », gémit-il et il a le même goût, de pouvoir et de sécurité. C'est le goût de mon héros et ça m'a vraiment manqué. Mes cuisses tremblent, tout comme mes mains lorsqu'elles passent sur son dos, sentant ses muscles jouer sous mes doigts et il gémit de désir, de soulagement que nous soyons enfin ensemble.

Rompant le baiser, je le regarde avec admiration. "Vous êtes ici. Tu es vraiment là. Je me pince les lèvres. "Je n'arrive pas à y croire..." Je m'interromps, "Comment es-tu entré ?"

"J'ai utilisé la clé que vous avez laissée négligemment sous votre usine." Il se renfrogne. "Ne fais plus jamais ça ou je te fouetterai le cul."

"Tu ne ferais pas ça", je gémis, le regardant sous mes cils et il enfouit son visage dans ma gorge.

"Peut être pas. Je donnerais probablement plus de caresses à ce petit cul féculent... » Il glisse ses mains sous mes fesses, me poussant vers le haut pendant qu'il appuie avec ses hanches et la friction me fait perdre l'esprit et je laisse échapper un haletant. "Enfin je t'ai..." gémit-il, "tu as une idée de ce que j'ai dû faire pour arriver ici ?"

"Bien sur que oui. Tout ce qu'ils font, c'est parler de toi à la télé... » Mes lèvres se plissent. "Tu as encore été imprudent."

Giggs me prend le menton. «J'ai fait ce que je devais. Tu penses que je les aurais laissés m'empêcher de te revoir, tu penses que n'importe qui peut m'empêcher de te rejoindre ? Il n'y a pas assez de cadenas, de cages ou de prisons de haute sécurité dans le monde qui pourraient m'éloigner. »

Il est sans limite. Moins de limites avec lui-même, tout comme avec ses émotions.

"On m'a appris qu'il fallait respecter les forces de l'ordre", je respire et il sourit, passant ses doigts dans mes cheveux et son contact envoie une poussée de désir à travers moi. Rien ne vaut son contact, à part peut-être ses baisers.

"Moi aussi. Mais j'emmerde toutes les règles si elles me bloquent l'accès à toi. Tu es à moi Porsha. Tu es à moi depuis des années maintenant.

"Je sais. Je peux le sentir dans mon corps. Dans mon coeur." Je lui souris. "C'est heureux quand tu es là."

« Alors tu ne me demanderas jamais de partir ? Même si j'ai agi comme un sauvage ?

Je secoue frénétiquement la tête. « Tu vois, je n'ai jamais compris pourquoi tu penses que tu n'es pas assez bien pour moi. Vous ne comprenez pas ? Tu es mon héros, Giggs.

Ses yeux papillonnent comme si je venais de lui donner naissance, notre premier-né. "C'est tout ce que j'ai toujours voulu être", gémit-il et il effleure ses lèvres sur les miennes et c'est aimant et parfait et personne ne peut me prendre ça.

« Ils te recherchent », je murmure, essayant de réprimer la panique. "Nous ne pouvons pas les laisser vous trouver."

Il n'a pas l'air trop inquiet. "Je vais faire profil bas, aller dans la clandestinité..."

"Ce ne sera pas suffisant", dis-je et il lève les sourcils. Je passe mes doigts le long de sa nuque. « Nous allons devoir faire quelque chose pour tes cheveux. Et le chaume. J'enroule mes bras autour de lui. « Me laisseras-tu t'aider ? S'il te plaît? Vous avez tant fait pour moi et je veux vous remercier.

"Il n'y a pas besoin. Te protéger me vient naturellement. Je ne sais pas comment faire autre chose.

« Des concerts ! » Je gémis. "Allez, laisse-moi faire ça."

"Très bien", fronça-t-il avant de sourire narquoisement. "À quoi penses-tu?"

Avec un sourire, je me tortille sous lui puis tends la main et le conduis dans ma salle de bain. Nos doigts s'enlacent, nos paumes se serrent et je sais qu'il se battra toujours pour nous. Peu importe ce que. Et moi... je serai son passionné dévoué et son plus grand partisan numéro un.

Chapitre 6

Giggs

« Ta salle de bain est minuscule », dis-je en regardant les murs couleur pêche, les rideaux de dentelle de la fenêtre et le seau de savons colorés qu'elle range dans un panier sur l'évier. "C'est toujours mieux que la prison, mais de beaucoup."

"Bien sûr, je l'espère, étant donné que je vis ici...", elle s'arrête au milieu d'une phrase, me regardant et je sens une bosse dans ma poitrine. Elle ne peut pas rester ici. Soit elle vient avec moi, soit elle vient avec moi. Dans mon esprit, cela ne fait aucun doute. Je veux qu'elle vienne, même si cela signifie être en fuite avec elle et je me frotte le cou de frustration.

"Je n'essaie pas d'interférer avec tes projets ou quoi que ce soit", je commence, la voix gutturale. "Je comprends que tu es ambitieux..."

"Non," me coupe-t-elle et elle attrape une serviette. "J'ai étudié le crime pour en savoir plus sur vous, pour vous aider de toutes les manières possibles... J'ai tout fait pour vous." Son visage devient rouge. "Pas parce que je me soucie plus de l'université que de toi."

Oui! Putain ouais, c'est de ça que je parle. Elle ne me laisse jamais tomber. Jamais.

"Viens là..." je grogne, en tendant la main vers elle et ce grognement s'intensifie lorsqu'elle recule et pose une main sur ma poitrine pour m'empêcher d'aller plus loin.

«J'ai du travail à faire, Giggs», dit-elle à bout de souffle. "Un travail important, tu te souviens?"

"Ouais? Il n'y a pas de travail plus important que de m'embrasser quand j'en ai besoin.

"La patience est une vertu", ricane-t-elle avant de tirer une petite chaise à l'intérieur, "s'il vous plaît, asseyez-vous et essayez de ne pas la casser."

Je me renfrogne mais ma bouche se contracte et je m'assois. En fredonnant, elle me met une serviette autour du cou, une serviette rose avec des volants en dentelle et je lève les yeux au ciel dans le miroir. "Tu n'as pas d'autre couleur ?"

Elle secoue la tête, puis elle met une main sur sa bouche, étouffant un rire et oh, je parie qu'elle adore regarder un putain de condamné de 6,4 se faire humilier comme ça. Luttant pour redevenir sérieuse, elle retint son souffle avant de pencher la tête sur le côté.

"Hm..." murmure-t-elle en passant ses doigts dans mes cheveux et son contact me donne des frissons. Elle remarque ma réaction et cela la fait soupirer de plaisir. En cherchant un rasoir, elle demande : « Me fais-tu confiance ?

"Bien sûr," je hausse les épaules sans hésiter.

Porsha allume la machine. « Habituellement, je l'utilise pour me raser les jambes, mais je suppose que c'est avant tout une question de multifonction. »

"Rasez-vous les jambes?" Je demande en m'ajustant sur mon siège pour cacher mon érection. "Tu vas devoir me laisser regarder un jour."

"Tu seras plus diverti en regardant un film...", marmonne-t-elle et j'attrape son poignet, la faisant haleter.

« Tu penses que je suis capable de regarder autre chose que toi ? Vous pensez que je pourrai me concentrer lorsque vous serez dans la pièce ? Porsha, tout sauf toi est une putain de distraction. Une foutue interruption. Et ça me dérange. Tout ce qui n'est pas elle me dérange. C'est comme si tout autre chose qu'elle était trop brillant et abrasif et ce n'est qu'avec Porsha que je ressens autant d'armistice.

"C'était étonnamment... doux", murmure-t-elle et je la lâche, marmonnant que c'est juste la vérité. Pas de bêtises, juste de l'honnêteté. Elle me coiffe et elle me touche plus doucement que quiconque ne l'a jamais fait. J'ai grandi sans mon père, élevé uniquement par ma belle-mère et je me souviens encore de l'insensibilité de cette femme. Putain, en tant que garçon, j'aurais donné n'importe quoi pour qu'une femme soit aussi prudente avec moi.

Je regarde Porsha avec gratitude mais elle ne le remarque pas, trop occupée à se concentrer sur ce qu'elle fait et elle commence à me raser la nuque. Cela prend du temps et une fois qu'elle a terminé, je suis assis là avec une contre-dépouille. Ses yeux brillent quand elle me regarde dans le miroir.

"Tu... tu as l'air...", elle se mord la lèvre, comme si elle était un peu gênée d'être transpercée et je réfléchis,

"Tu rougis ?"

"Peut-être. C'est ce que font les filles lorsqu'elles regardent quelque chose qu'elles aiment.

"Juste comme?" Je râle à voix basse et je croise les bras, fléchissant mes muscles car je vais casser quelque chose si elle ne dépasse jamais les limites. "C'est tout ce que j'obtiens ?" Elle s'agite, hoche la tête et rougit encore plus, avant de s'éclaircir la gorge et de se mettre au travail sur mon chaume. Une fois rasé de près, elle enlève la serviette et je me lève. Elle a fait du bon travail et au moins je ne ressemble plus à ce que je fais sur les photos.

"Es-tu satisfait?" chuchote-t-elle en se tortillant. "Si vous voulez que je change quoi que ce soit, je serai à votre service."

À votre service. Sera-t-elle à mon service pour tout le reste ? Et si je lui disais de me dire qu'elle m'aime ? Et si je lui disais de le dire même si elle le fait à contrecœur ?

Retenant un gémissement, je râle : « Je n'ai rien à redire. Tu peux faire de moi ce que tu veux. Je suis sérieux. Si cette fille me demandait si je pouvais m'allonger dans la rue pour qu'elle puisse traverser une flaque d'eau sans se mouiller, je le permettrais. Et merde, on dirait que j'exagère, mais le fait est que ce n'est pas le cas.

"Est-ce que je reçois ce baiser maintenant?" Je dis et elle pousse un cri, posant sa bouche sur la mienne et je respire son gémissement impuissant, je l'aspire au fond de mes poumons et il me nourrit comme l'air nourrit les hommes privés d'oxygène. Elle est ce souffle de fraîcheur, de propreté et je l'encourage à m'en donner plus, en amadouant sa langue avec la mienne. Je la serre contre moi, comme je l'avais promis, et elle s'enfonce profondément en moi comme la pluie s'enfonce dans la terre et elle fait grandir des choses en moi, des choses que je ne savais pas avoir. Des choses qui sont bonnes et pas mauvaises.

« Tu me changes. Tu le sais ?" Je demande et elle me regarde.

"Tu es déjà parfait comme tu es, Giggs."

A ses yeux peut-être. Mais c'est tout ce qui compte. Même si je ne peux pas être parfait dans le mien, c'est plus que suffisant pour être vu sous cet angle par elle.

"Plus tard, quand la nuit deviendra plus sombre, toi et moi partirons", dis-je en caressant sa lèvre inférieure avec mon pouce. "Tu me suivras partout où j'irai et tu me laisseras prendre soin de toi."

"Avez-vous déjà fait autre chose?" elle respire. « Tu as toujours pris soin de moi. Même lorsque tu étais enfermé.

Et je ne m'arrêterai jamais. Cette fille me domestique et me rend sauvage en même temps. Elle est ma taquine et ma dompteuse et je... je suis l'animal qui mange dans sa paume.

Chapitre 7

Porsha

«Je devrais probablement prendre une douche», dit Giggs et je hoche la tête, lui sortant une serviette pendant que je nettoie les dégâts que j'ai faits en lui coupant les cheveux. Je pense qu'il attendra que je sors de la salle de bain avant de me déshabiller, mais il ne le fait pas et je serre ma bouche pour ne pas haleter et me passe une main sur les yeux.

Il se met à poil, rôde dans la cabine de douche et ma respiration s'accélère, des frissons électriques coulent de ma gorge jusqu'entre mes jambes et je m'agrippe au lavabo. Dans le miroir, je peux voir que mes yeux sont devenus vitreux et qu'il y a des points sur mes joues, comme si quelqu'un venait de me donner un rapide coup de pinceau avec de la peinture rouge.

"Giggs, tu es sans vergogne", je murmure, n'osant pas lui jeter un coup d'œil de peur de commencer à le reluquer et de ne pas pouvoir détourner le regard. Il ouvre l'eau en riant et je relâche ma prise sur l'évier quand il dit d'une voix rauque :

"Viens ici et je vais te montrer une véritable impudeur." Il laisse échapper un gémissement, sexuel et mes paupières battent, la chaleur se propageant dans mes membres et je suis sur le point d'envisager de le rejoindre lorsque mon téléphone sonne. "Putain, ne réponds pas à ça."

"Je dois. Cela pourrait être très... important, » bégayai-je en sortant dans le salon où j'ai laissé mon téléphone.

"Qui est-ce?" Giggs appelle et je regarde l'écran, avant de m'asseoir sur le canapé.

"Un ami de l'université."

"Garçon ou fille?" il grogne et je peux sentir son énergie avare jusqu'ici et je lève les yeux au ciel.

"Calme-toi, grosse bête." Ses grognements s'intensifient alors j'ajoute rapidement : "Et c'est une fille." En réponse, la voix de Lora assaille hystériquement mes oreilles et je me tortille.

« Porsha, ça va ? Avez-vous regardé les informations ? Allume les informations tout de suite... »

« En fait, j'avais juste l'intention de préparer un dîner... »

« Fais-le ou je viens le faire pour toi. »

Gémissant intérieurement, j'allume la télé et voilà à nouveau le visage de Giggs et mon estomac se retourne à la façon dont les flics parlent de lui. À quel point il est dangereux et comment ils vont faire tout ce qu'ils peuvent pour l'attraper. Je frémis, j'attrape un oreiller et je le serre dans mes bras.

« Avez-vous vu qu'il vient d'Angola ? N'est-ce pas la prison où tu fais ton stage ?

"Aha."

« Vous devez être une épave. Écoute, je pense que je devrais dire aux gardes de sécurité de mon père d'aller jeter un œil chez toi juste au cas où ce psychopathe se glisserait dans les parages.

Je gèle. "Lora, ne fais pas ça," je croasse. « Tu n'as pas à t'inquiéter pour moi. J'ai tout couvert et il est plus probable qu'il soit sur le point de quitter l'État. Il n'y a aucune raison pour qu'il se faufile par ici... »

« Mais et s'il se souvient de vous ? Et s'il voyait ton visage et voulait te chercher... ?

"Tu as regardé trop de films", je marmonne en me mordant la lèvre car même si je n'ai jamais été doué avec la malhonnêteté, c'est nécessaire dans cette situation.

« Bien... sois ennuyeux alors. Appelle-moi si tu vois ou entends quelque chose », marmonne-t-elle avant d'ajouter en ricanant, « n'est-ce pas ennuyeux de voir que les criminels sont toujours chauds comme de la merde ? S'il n'était pas un escroc, je courrais dans toute la ville et mettrais des panneaux indiquant où il peut me trouver.

"D'accord, je dois y aller maintenant", je murmure en raccrochant doucement et mes yeux se tournent vers la télé. De nouvelles informations sont sorties. Ils parlent du détenu et du gardien de prison que Giggs a battu il y a quelques jours à peine, ils donnent des détails sur la façon dont il l'a fait et cette boule dans ma gorge se développe. Et soudain, tout ce qu'il a fait pour moi devient si réel. Les ennuis dans lesquels il s'est mis, son altruisme, tous ces sacrifices...

Avec Giggs, je n'ai jamais besoin de surveiller mes arrières. Il le fait pour moi, toujours dans mon coin, toujours à mon écoute. Cela me fait quelque chose d'être autant nourri par un homme, cela fait monter la chaleur dans ma poitrine jusqu'à ce que ma peau se réchauffe et devienne sensuelle. Je retiens mon souffle en me cambrant sur le canapé et au loin j'entends l'eau couler. En fermant les yeux, je halète quand je suis frappé par une image de Giggs et moi si étroitement enroulés l'un autour de l'autre que nous créons pratiquement le symbole de l'infini. Pas de début ni de fin, juste un homme et une fille prêts à tout pour être ensemble.

Il se présente à chaque fois, ne me laisse jamais tomber, ne déçoit jamais et je regrette qu'il m'ait fallu deux ans avant de commencer à lui écrire. Mais le problème, c'est que j'avais peur, j'avais peur qu'il soit en colère contre moi pour l'avoir envoyé en prison, je pensais que peut-être il ne pensait pas que je valais le coup.

Maintenant, je n'arrive même pas à croire que cette pensée m'a traversé l'esprit, mais je blâme le fait que je sois trop jeune. En jetant à nouveau un coup d'œil à l'écran, je grimace à la façon dont ils parlent de lui. Monstre. Criminel. Méchant. Si seulement ils savaient ce que je sais, ils mangeraient leurs mots et je coupe le son avec colère, je respire fort et je suis plutôt énervé.

Je sursaute quand je sens quelqu'un arriver derrière moi et que des mains se posent sur mes épaules et je plie le cou en regardant Giggs dans les yeux. Ses cheveux sont mouillés, sa chemise noire déboutonnée et il sent les draps de mon lit et c'est l'homme qu'on appelle le monstre. Il me caresse le visage, ses yeux se concentrant sur moi.

"Tu as l'air bouleversé", râle-t-il et je hausse légèrement les épaules.

« Je n'aime tout simplement pas la façon dont ils parlent de toi. Je pense que c'est... offensant. Il rit et je deviens brûlant quand il glisse sa main de mon visage vers ma gorge. Mon corps tout entier me palpite déjà et il me touche à peine.

"C'est sexy quand tu me montres que tu tiens à moi", râle-t-il, "ça me fait bander de savoir que je suis dans ton esprit..." Il ouvre les deux boutons du haut de ma robe avec une finesse surprenante, avant de me murmurer à l'oreille : " J'ai renversé sur ton carrelage pendant que tu étais au téléphone. Deux fois, bébé. Il effleure mon oreille avec ses lèvres. "Deux fois."

Haletant, je frissonne, un gémissement gémissant exhale ma bouche et mes hanches tournent, mes pulsions sensuelles réclament l'attention quand...

On frappe à la porte.

Chapitre 8

Porcha

Mes yeux s'écarquillent de panique, mon corps monte en puissance d'adrénaline et Giggs se redresse, reculant d'un pas dans l'ombre. Ses traits sont tendus et il me fait signe d'éteindre la lumière dans le salon et je le fais rapidement. La lumière jaillit toujours de la salle de bain ouverte et je me mords la lèvre. Celui qui est à la porte pourra le voir, saura qu'il y a quelqu'un à la maison.

Je reste raide tandis que Giggs a l'air d'être arrêté. Il est si anormalement immobile qu'il ressemble encore plus que moi à une statue.

"Qu'est-ce qu'on fait ?" Je mime et il secoue lentement la tête, comme pour me dire de ne pas réagir. Il y a de grandes fenêtres dans le salon et quel que soit le visiteur, j'espère qu'il ne viendra pas regarder à l'intérieur...

"Porsha, ce sont les Lakers", crie Halle. "Ouvre-toi, ma fille. Nous savons que vous êtes à la maison.

Bon sang... maintenant je dois faire quelque chose. Ils ne partiront pas et si je ne me fais pas connaître, ils pourraient penser qu'il m'est arrivé quelque chose et appeler les forces de l'ordre. En me frottant les mains, je fais un signe de tête à Giggs, le laissant maintenant que je vais devoir y aller et sa mâchoire se serre. Finalement il accepte, mettant son doigt sur sa bouche pour me faire savoir qu'il va falloir se taire et sans allumer la lumière, je marche dans le couloir sombre.

Je sursaute quand je remarque Giggs marcher derrière moi et je n'aime pas ça. Mes yeux s'écarquillent et je lui murmure d'aller me cacher à la place. Ou peut-être encore mieux, ouvrez une des fenêtres, faufilez-vous jusqu'à ma voiture et attendez-moi là-bas. Mais il secoue fermement la tête, ses épaules déjà pleines de protection et oh, pourquoi ne peut-il pas me laisser faire ça tout seul !

Que pense-t-il que les Lakers vont faire ? M'a frappé à la tête ou quoi ? Apparemment, parce que Giggs attrape le parapluie, je reste près de la porte et j'avale. Rien de mieux n'arrive. Et intérieurement, je maudis que les Lakers aient choisi ce moment pour se présenter.

En tournant le bouton, j'ouvre prudemment, en m'assurant de garder la porte à moitié fermée pour qu'ils ne remarquent pas Giggs et je leur fais un sourire. « Salut les voisins. Quelle surprise... » Mon sourire se transforme en interrogateur lorsque je remarque ce qu'ils portent. Halle porte un pantalon cargo et un sweat à capuche et Hank porte une cagoule qu'il baisse sur son visage et il sourit.

"M'as-tu reconnu?"

"Pas du tout. Vous êtes un maître des déguisements. Mon sourire commence à se raidir lorsque je remarque le fusil derrière le dos de Hank. « Alors, c'est quoi ces tenues ? Et ce fusil ?

Je dis le dernier mot un peu trop fort mais je veux que Giggs sache qu'ils ont une arme. Je jette un rapide coup d'œil à Giggs dont les poings se serrent, son corps en alerte. La seule pensée réconfortante est de savoir que Hank n'a probablement aucune idée de la façon d'utiliser les armes à feu.

"Nous allons rester de garde toute la nuit", dit Halle, "je vais surveiller notre maison et Hank va patrouiller dans les environs."

Patrouille? C'est loin d'être idéal mais au moins maintenant nous le savons et pourrons l'éviter.

"Et... euh, comment se fait-il que tu sois là ?" Je demande, ma voix teintée d'anxiété et mes nerfs tremblent mais ils sourient tous les deux comme si c'était l'œuvre de leur vie. Halle secoue le menton.

«Nous pensions que tu devrais venir rester avec nous. Jusqu'à ce qu'ils l'attrapent et qu'il soit derrière les barreaux. Hank et moi ne pensons pas qu'il soit sécuritaire pour toi de rester seul ici.

« Ouais, tu es une jeune femme seule. Ce monstre pourrait s'introduire dans votre maison pendant que vous dormez, se glisser dans votre lit et commettre d'autres crimes. Le visage de Hanks est rempli d'importance. "Je parle de spoliation..."

"Nous l'avons compris, Hank", m'interrompt Halle, avant de me regarder à nouveau et elle me tend la main pour que je la prenne, comme si j'étais un animal perdu dont elle avait besoin. pour donner un abri.

"S'il te plaît, pas de problème pour moi", je plaide, ajoutant un peu plus clairement, "je le pense."

"Il n'y a aucun problème", insiste Halle. "Maintenant, allez avant que je pense que vous vouliez vraiment tomber entre les mains de ce condamné...", rit-elle et j'inonde de mortification.

« Ne sois pas stupide, Halle. Et j'apprécie votre inquiétude mais je n'ai besoin d'aucune aide... »

« Hé, puis-je utiliser vos toilettes ? Hank laisse échapper, m'interrompant. "Ma vessie me tue."

"Euh..." je commence, ayant besoin de réfléchir vite maintenant, "Je suis désolé, tu ne peux pas. Il y a une fuite... »

« Une fuite ? Pas de soucis. Je le réparerai."

Oh, allez...!

« Ce ne sera pas nécessaire. Je le ferai moi-même, dis-je sèchement. "Et maintenant, au revoir." Ils me lancent des regards étranges. Ils feraient mieux de ne pas s'en prendre à moi et je me mords les lèvres d'inquiétude quand Halle dit :

« Écoute, en ce moment, je ne pense pas que tu saches ce qui est le mieux pour toi. Suivez le courant et venez avec nous.

Je secoue la tête, me tendant lorsque Hank enroule sa main autour de mon bras pour essayer de me faire sortir. Bon sang, ils sont insistants ! Je panique presque, ne sachant pas quoi faire quand je sens Giggs me tirer en arrière et il claque la porte et Hank laisse échapper un gémissement de douleur.

"Ouww... mes doigts!"

À bout de souffle, je regarde Giggs qui mijote de fureur. « Il t'a touché », murmure-t-il, comme s'il était sur le point de redevenir un voyou. "Personne n'a le droit de te toucher."

Ses yeux ont arrêté de cligner et, inquiet à l'idée qu'il franchisse la porte et attaque Hank sur mon porche, je me suis placé entre Giggs et la sortie. Hochant rapidement la tête, je serre son épaule pour lui faire savoir que je suis là et que personne d'autre que lui ne me touche. Il enroule ses bras autour de moi, sa peau plus chaude que d'habitude comme s'il avait des sueurs froides lorsque la main d'un autre homme était sur moi et à mon oreille il laisse échapper des grognements bas et ronronnants comme s'il était prêt à attaquer si nécessaire. Je le fais taire, le caressant partout où je peux avant qu'il ne se calme enfin. Je suis tellement concentré sur Giggs que j'oublie les Lakers jusqu'à ce que Halle grogne.

« Je suppose qu'elle ne veut vraiment pas venir avec nous. Étudiantes... » se moque-t-elle, avant d'aboyer : « Allez maintenant, Hank, espèce de grande mauviette. C'est juste un doigt coincé.

Soulagé une fois qu'ils sont enfin partis, je verrouille la porte et Giggs me serre le menton.

« Vous avez des voisins. J'ai hâte de te sortir d'ici. Je déteste quand quelqu'un met ses mains dégoûtantes sur toi.

"C'est fini", je lui rappelle doucement et je lui prends le cou. « C'est juste toi et moi. Ce sera toujours juste nous. Mais nous devons partir. Plus nous restons longtemps, plus c'est dangereux. Je deviens pensif. "Où irons nous?" Je demande et il fronce les sourcils, alors je tire un peu sur sa chemise. "Je pensais aux montagnes."

Il sourit. "C'est des montagnes."

Ce serait tout ce que je voulais. Tant que Giggs est libre, peu importe où nous sommes. "Nous devrions faire nos valises", je murmure et il acquiesce.

Nous passons devant le salon et je jette un coup d'œil automatique à la télévision, haletant quand je vois un visage que j'ai travaillé dur pour effacer.

"Tu n'as pas besoin de regarder ça," grogne Giggs, attrapant la télécommande mais je la lui prends, me tortillant et glissant quand il essaie de la récupérer et je la tiens près de ma poitrine, augmentant le volume. Ils parlent de mon agresseur. Celui qui est à l'hôpital, allongé dans un état de stupeur, depuis des années. Quelqu'un est entré dans sa chambre et...

Il est mort maintenant.

Ma lèvre inférieure tremble lorsque je regarde Giggs et ses poings sont si fort serrés que les veines de ses bras se gonflent. « Vous l'avez fait, n'est-ce pas ? » Je chuchote. "Tu l'as tué."

Giggs fait un bref signe de tête. Il n'y a aucun remords, juste une pure impuissance. Je pensais que sa colère s'était apaisée mais apparemment il n'avait pas oublié. Il a partagé mes souvenirs toutes ces années et maintenant il a mis fin au premier et au dernier homme qui a essayé de me faire du mal.

"Quand l'as-tu fait?"

En secouant le visage, il dit d'une voix rauque : "Dès que je suis sorti."

"Je pensais que la première chose que tu ferais serait de venir me chercher", je murmure.

"Je ne mériterais pas d'être avec toi si je ne l'avais pas fini en premier."

"Tu es incroyablement impitoyable", je gémis et il me caresse la joue avec des poings doux.

"" Impitoyable, imprudent... Je suis tout le mal pour toi mais tu me donnes toujours l'impression que je vais bien. Vous seul avez la capacité de le faire. C'est pourquoi j'ai besoin de toi.

J'ai besoin de lui! Si j'avais encore besoin de lui, je serais probablement tout le temps à genoux.

« Quand tu revenais du pique-nique, j'ai lu les documents que tu as écrits sur moi », ajoute-t-il et je me sens chaud. Il rit doucement. "Putain, chérie. La façon dont vous parlez de moi... quiconque le lira pensera que j'ai des ailes d'ange qui poussent dans mon dos.

« C'est comme ça que je te vois, Giggs. Ce ne sont que mes observations honnêtes. Il prend mon visage en coupe, ses yeux brûlent tellement qu'on dirait qu'il y a un feu en lui, une torche dans son obscurité. Suis-je cette torche ? "Allons dans ma chambre...", quand ses yeux brillent d'une possession qui me brûle presque, j'ajoute, "pour... emballer mes affaires."

Il sourit, caressant le pouls rapide de ma gorge avec ses jointures. "Si vous m'invitez dans votre chambre, ce ne sera pas tout ce que nous ferons."

Chapitre 9

Giggs

Il y a quelque chose dans le fait d'être dans sa chambre qui satisfait une partie sauvage de moi. C'est là que je l'imaginais chaque fois que je pensais à elle dans ma cellule. Je fermais les yeux, imaginant que j'étais dans sa chambre pendant qu'elle serait étalée comme une jolie offrande sur son lit, son corps positionné exactement comme je le voulais et sa bouche ouverte en guise d'invitation.

Je regarde ses affaires et elle garde les lettres que je lui ai écrites dans une boîte à musique sur l'étagère. Elle attrape les lettres et les dépose dans ses bagages sans dire un mot. Quand elle me surprend en train de regarder, elle murmure :

« Ils comptent beaucoup pour moi. » Un rapide sourire traverse son visage. « Les bords sont tous effilochés parce que je les lisais tous les soirs avant de m'endormir. J'ai même mémorisé les mots... »

« Pareil », je râle et quand elle me regarde avec une pointe de doute, je le lui prouve en récitant ce dont je me souviens et elle frémit. "J'ai lu les miennes si souvent que l'encre de mes empreintes digitales s'est effacée."

Son visage scintille, tout son être rayonne de chaleur et de beauté et je me souviens à peine du passé. Tout ce qui compte, c'est maintenant et le futur. Notre avenir et l'enfer, nous partagerons tout. Nos cœurs, nos corps, elle va tout me donner, me satisfaire jusqu'à ce que j'aie le plaisir de lui accorder une petite pause mais ensuite j'aurai à nouveau besoin d'elle.

Mon appétit pour elle me fait parfois même frapper à six heures, me fait voir tout dans le brouillard, comme si tout était doucement concentré et qu'elle était la seule chose assez claire. Je me suis accroché à elle, j'ai mis tout ce que j'avais en elle, goutte à goutte mais je ne me suis jamais déversé en elle. Je ne l'ai jamais comblée de ma sexualité, de ma testostérone et l'envie est suffisamment forte pour que je veuille rejeter la tête en arrière et rugir de mes pulsions qui ont été forcées de rester en sommeil.

Maintenant, elle va vivre tout cela. Un meilleur mâle l'aurait eu pitié, aurait éprouvé des remords d'avoir pillé quelque chose d'aussi divin qu'elle, mais la partie charnelle de ma nature ne l'entendrait pas. Il a envie de la serrer plus près, de laisser son éclat mariner jusqu'à ce qu'elle soit complètement immergée.

En se dirigeant vers ses tiroirs, elle en sort un et je me place derrière elle. Je brosse ses cheveux sur le côté de son cou pour mieux voir et cette vue me fait chauffer le sang. Il y a des tas de vêtements qui, au fil des années, sont restés au plus près de son corps, la sentaient alors que je ne pouvais pas la sentir.

"Je devrais probablement en laisser derrière moi..." murmure-t-elle mais je secoue la tête.

"Prends tout." Je ne veux pas que quelqu'un trouve ses sous-vêtements ici. J'en porterai un peu dans ma bouche s'il le faut et plus j'y pense, plus cela semble attrayant. Putain, il n'y a rien de mal à ce qu'un fugitif court partout avec un morceau de ficelle rose entre les dents qui protégeait la chatte de sa copine.

« Mais tout cela ne rentrera pas », proteste-t-elle frustrée, luttant pour tout emballer.

"Faites-le rentrer", je grogne et, renfrogné, elle se jette sur le bagage avec ses fesses. "Bagage porte-bonheur", je marmonne dans ma barbe et elle ricane, avant de laisser échapper un soupir de contentement. Lorsqu'elle attrape un vêtement restant dont je ne sais même pas ce que c'est... je ne sais pas si c'est un maillot de bain ou un pull mais le dos est ouvert, j'ajoute : « Cela ne me dérangera pas si tu pars. n'importe lequel de vos vêtements les plus révélateurs derrière.

"Oh, tu ne le feras pas, n'est-ce pas ?" » Dit Porsha en roulant des yeux et en haussant un sourcil, avant de laisser tomber le vêtement comme la bonne fille qu'elle est et ma poitrine me fait mal de satisfaction. "Tout pour toi, Giggs", dit-elle d'une voix douce qui me donne une érection avec la rigidité d'un pic à glace et la chaleur d'un feu de joie.

"Ouais ?" Je rôde vers elle. "Alors je ne veux plus jamais que tu portes cette robe d'été non plus."

Haletante, elle regarde son corps, avant de me regarder avec des yeux surpris. "Qu'est ce qui ne va pas avec ça ? Ce n'est pas révélateur.

« Ce n'est pas le cas, mais cela vous donne l'air plus incorruptible qu'une coupe glacée. J'ai voulu lécher toute la journée et jouer avec la cerise sur le dessus jusqu'à ce qu'elle casse.

La détresse traverse son visage et elle murmure : « Giggs, tu fais battre mon pouls quand tu parles comme ça... »

Cela semble tout à fait juste, étant donné que mon propre pouls est sur le point de me pousser dans une crise.

"Donnez une touche à votre homme alors", je râle et elle se lèche les lèvres, me tendant son poignet mais ce n'est pas ce que je cherchais. En haussant les sourcils, elle incline docilement la tête sur le côté pour que je la sente sur sa gorge mais ce n'est pas non plus ce que je cherchais et je glisse ma main sous sa robe, touchant son endroit secret et cela la fait sursauter de surprise, son visage rougit. Elle avait raison, elle palpite et je déborde de besoin. J'appuie un peu plus fort jusqu'à ce qu'elle laisse échapper un gémissement et que je sente son excitation tremper le tissu. Haletante, ses yeux sont vitreux et je tiens juste ma main là, pour l'habituer à ce que quelqu'un la touche et au premier mouvement de ses hanches, je grince des dents.

C'est ça. Cette petite envie est ce que je recherche.

J'ai hâte de la laisser s'épuiser avec moi, que sa petite batterie innocente soit épuisée et que ce soit moi qui la videra. J'ai hâte qu'il passe au rouge et sache que toute son excitation et sa surstimulation sont à cause de moi. Mon cœur chante, léger comme une plume et je prends son visage avec mon autre main, inclinant sa tête et pressant mes lèvres contre les siennes. Ils sont plus chauds et plus sucrés que le thé à la framboise, se séparent au son de ma langue et des picotements assaillent ma nuque, envoyant des frissons dans ma colonne vertébrale et dans mes jambes.

Je suis à peine capable de me tenir droit et je râle : « Je te veux sur le lit. Nue jusqu'à ce que je puisse compter chaque petit frisson sur ta peau, jusqu'à ce que je puisse voir à quel point tu es chaud et prêt pour moi... »

Haletante, elle se déshabille pour moi sans gémir et je fais une double prise, la mâchoire relâchée. Putain, j'aurais dû m'asseoir pour ça. Elle est un spectacle pour les yeux criminels avec ses petits seins ronds aux pointes de roses sombres et sa fente moulante qui va et vient à mesure que je la regarde. J'ai l'eau à la bouche pour la fendre et laisser tomber la sève comme de l'ambroisie et je suis jaloux de chaque foutu miroir qui l'a jamais vue nue, de chaque rayon de soleil qui a donné à ses plis roses une petite dose de vitamine D.

Elle rend les choses mauvaises avec ses seins soyeux et ses yeux cagoulés et mordant un grognement, j'enlève mon pull et baisse mon pantalon, sur le point de lui dire de s'allonger et de profiter quand elle laisse échapper un halètement, sa main se dirige vers ma slips. Ce n'était pas ce que j'avais en tête, mais je ne l'arrête pas quand elle les tire vers le bas et je secoue le matelas lorsque mon manche fait saillie. Son regard est devenu velours et elle me regarde d'une manière qui me donne l'impression que le haut de ma tête touche le plafond. En me redressant, je prends une profonde inspiration, mes muscles fléchissent comme s'ils étaient prêts à assassiner quiconque viendrait sur nous et serait témoin de ce moment.

"Je veux y goûter, Giggs", murmure-t-elle en rougissant et elle serre les draps avec ses poings. "Puis-je?"

"Putain ouais", je gémis et je suis déjà sur le point de jouir avant même qu'elle ait fait quoi que ce soit. "Suce-moi, bébé." Je tends la main autour de mon manche pour l'aider, le dirigeant entre ses lèvres en attente et elle prend son homme avec impatience. Ses lèvres moelleuses se referment autour de moi, ses yeux papillonnent et elle gémit si fort que tout son corps se cambre, vibre.

"Ahh...", souffle-t-elle, comme si elle était sur le point de se fondre dans une mare de pure chaleur féminine et sa bouche innocente bouge comme si elle aimait ça et cela m'oblige à m'assurer que je suis fermement ancrée sur le sol, parce que putain, est-ce qu'elle sait comment me couper les genoux. Ses mains glissent le long de mes abdominaux, encerclant ma poitrine et son contact brûle encore plus que d'être marqué. Laissant ses mains glisser, elle les utilise pour me caresser car elle ne peut pas me prendre entièrement avec sa bouche seule.

Elle est trop douce, son enthousiasme assez puissant pour me noircir et quand sa langue fait glisser le sac sous mon manche, je laisse échapper un beuglement, lui poings les cheveux, pompe et je commence à jouir dans sa bouche. En déglutissant, ses yeux se croisent dans les miens et sa poitrine se soulève alors qu'elle se tourne vers moi, et les petits gémissements émotionnels qu'elle respire me font craindre de ne jamais arrêter de renverser.

« Douce ma belle fille, » je serre entre mes dents, alors qu'elle a du mal à avaler, me regardant sans cligner des yeux pendant que je termine. J'inspire profondément, la regardant avec surprise et admiration et quand elle effleure les coins de sa bouche, elle me fait un doux sourire. Bon sang... ici, j'avais peur que ce soit trop pour elle. Passant une main sur mon visage, je me donne quelques secondes pour reprendre mes esprits. Pendant ce temps, Porsha se met sur les coudes, ses tétons me narguent comme de petits raggers et c'est tout ce dont j'ai besoin.

Au-dessus d'elle, je regarde ses yeux briller alors que je grimpe sur elle. Elle s'allonge à plat comme si elle attendait juste qu'on l'attaque et je lui caresse les cheveux en lui murmurant des mots d'amour à l'oreille parce que j'essaie de ralentir la frénésie en moi. C'est endémique, j'ai juste besoin de la pousser sans trop d'échauffement et je serre la mâchoire quand la sueur commence à couler le long de ma colonne vertébrale. Je suis ignoble, je la caresse jusqu'à ce que j'éprouve un plaisir vif et soudain et que Porsha laisse échapper un rapide halètement.

Elle est étalée et nue et sa volonté flagrante frustre complètement ma bite et j'ai besoin de la frotter sur elle et pas seulement sur sa chatte ou ses lèvres mais partout ailleurs. Partout où elle m'emmènera, même là où elle restera timide jusqu'à ce que je lui montre à quel point cela peut être bon.

Ignorant ce que je ressens, Porsha continue de me caresser comme si elle n'avait pas de bombe à retardement sur elle et un sourire effleure ses lèvres, la fascination colorant ses yeux. Elle ne devrait pas me toucher comme elle le fait, cela ne fait que m'exciter, ajouter du feu à cette frénésie et putain... J'essaie d'être patient. Son noyau est juste en dessous de moi et je peux sentir ses doux battements, ses seins lisses serrés entre nos corps et j'ai besoin de rentrer chez moi, j'ai besoin de la pénétrer et alors seulement je ressentirai la paix.

Lentement, je dépasse sa douceur et elle gémit un peu, surprise presque comme si elle disait que cela ne fait pas trop mal, mais ensuite elle me berce avec ses cuisses luxuriantes, s'ouvre et je le perds. Plongeant en elle, je serre les yeux devant son cri haletant et elle se serre autour de moi, m'attirant contre elle avec une force à laquelle je ne m'attendais pas de la part de ce précieux petit trophée dont j'ai envie depuis des années maintenant.

Se débattant, elle enfonce ses ongles dans mes oreilles, la bouche ouverte d'étonnement et elle se tortille. "Giggs, je ne peux pas bouger", bégaie-t-elle et elle ne peut pas bouger parce qu'elle est plus coincée sur moi que si elle avait été attachée à moi.

« Alors ne le fais pas. Prends juste ça pour moi... fais juste cette petite chose pour moi," je gémis et elle hoche lentement la tête et pour la récompenser, je la blottis avant de prendre son mamelon dans ma bouche et je lui donne toute l'attention dont elle a besoin jusqu'à ce qu'elle adoucit.

"Ne t'arrête pas...", gémit-elle, la tête délirante, "suce-moi..."

Elle répète les mots que je lui ai dit plus tôt, apprenant si vite et ça me rend fou. Je la frappe, la gardant en place avec mes bras et elle enfouit son visage contre mon épaule et je laisse échapper un beuglement quand je sens ses dents s'enfoncer.

En grondant, je la heurte pendant qu'elle gémit, son corps tremblant sous le mien, ses cuisses frémissant comme si elles étaient au milieu d'une tempête. Je l'étire, je façonne son corps pour qu'il se soumette à moi. Elle ne compte désormais que sur moi. Quand elle est en détresse, elle viendra me voir et me demandera une bonne baise à fond, comme lorsqu'elle est triste ou excitée. Elle ne viendra toujours que vers moi. S'accrochant à mes épaules, elle pousse des petits gémissements frénétiques et la sueur scintille sur sa peau, me faisant glisser sur elle mais elle ne se calme pas.

C'est trop intense.

Elle est trop serrée autour de moi, me stimule et je dois y aller plus fort mais je ne peux pas ou je la diviserai en deux. En la regardant, je remarque ses lèvres pressées, la rougeur de son visage et intérieurement je laisse échapper un juron. En me retournant, j'attrape les barreaux du lit pour m'empêcher de me jeter sur elle. Ma tige proteste furieusement, la pression me fait voir tout dans le brouillard et quand elle me regarde sous ses cils comme si elle se demandait pourquoi j'ai reculé, je râle :

« Pas besoin de me regarder avec ces yeux. Je me sens déjà assez dépravé.

"Pourquoi?" chuchote-t-elle et mes yeux croisent les siens, la violence rencontrant la vertu.

"Parce que j'ai besoin de te baiser plus fort que tu ne peux le supporter..."

Chapitre 10

Porsha

J'avale.

"Sch", je murmure doucement, caressant sa poitrine et ses mains autour des barreaux se durcissent. « Si vous êtes inquiet, nous avons du temps, tellement de temps devant nous. Rien ne presse... »

« Rien ne presse ? grogne-t-il, ses yeux brûlant si violemment que je m'affaiblis. "Si seulement tu savais à quel point il est difficile de se retenir...", ses dents serrent, un muscle de sa mâchoire bombé et il laisse échapper un autre juron. « Je ne quitterai pas cette maison sans te réclamer. Se lever."

Il serre les yeux, attendant que je grimpe au sommet de ce qui pourrait tout aussi bien être une montagne et quand j'hésite, tout son corps frémit si fort que le lit tremble sous nous et je sursaute, attrapant une couverture et la tire vers moi. ma poitrine. Giggs ouvre les yeux et ils remuent, son corps bougeant dans un grand étirement tendu.

« Ne me cache pas », dit-il d'une voix gutturale. "Lâchez cette couverture."

"Mais..."

"Tu ne fais que m'énerver en ne me laissant pas te voir."

Me léchant les lèvres, je laisse tomber la couette et il se détend à la vue de mes seins nus mais seulement marginalement et il se tend à nouveau, les veines de ses muscles, le tatouage de prison qu'il a au milieu de ses pectoraux luisant de sueur. Il est énervé, peut-être même trop, et la faim prédatrice avec laquelle il me regarde me fait m'évanouir. Plus il me regarde avec ses yeux, plus mon besoin grandit en moi jusqu'à ce que je ne puisse plus le retenir. À quatre pattes, je rampe vers lui et il laisse échapper un gémissement d'approbation, ses yeux brillant comme un éclair. Je me rapproche de plus en plus et plus je m'approche, plus il ronronne et je le chevauche. Ça pique mais je dois être audacieux pour lui et je me tortille, trouvant mon chemin vers le bas et cela lui fait rejeter la tête en arrière et un gémissement qu'il n'a jamais émis auparavant s'échappe de sa bouche entrouverte.

Transpercé, je le regarde et il consomme avec son appétit, son désir du genre qui rend folle une fille et je bouge mes hanches. J'ai mal à l'idée d'être réclamée, parvenant enfin à le prendre en entier mais c'est tellement que ça me fait battre le cœur. Il aime ça parce qu'il se branle avec possessivité, sa dureté arrachant le reste de ma résistance et je me balance et plonge sur lui.

"Travailler plus vite cette chatte vulnérable", grince-t-il, "ne pourra pas tenir le coup plus longtemps."

En gémissant, je commence à bouger plus vite, en gémissant et mes yeux s'écarquillent quand je remarque que la prise qu'il a autour du lit tourne si fort que j'ai peur qu'il la casse. Grognant, il regarde mes seins trembler et cela lui donne une expression dans ses yeux comme si son esprit était devenu vide et qu'il était un pur désir. Je halète quand il lâche le lit, ses mains s'enroulent autour de ma taille et il me fait tellement rebondir sur lui que je crie :

" Ralentis... ralentis... tu vas m... me faire tomber. " off... » Mon corps tout entier se débat et il frappe juste au bon endroit jusqu'à ce que je me retrouve dans une brume chaude et impuissante.

"Reste", grogne-t-il et je halète, posant mes mains sur sa poitrine pour me soutenir, "tu ne quittes pas cette bite."

"S'il te plaît..." je supplie, essayant de rester attaché mais je suis trop glissant, trop chaud et quand je fais un effort pour l'attraper, il laisse échapper un grognement qui fait trembler les murs. Oh non, qu'est-ce que j'ai fait... Un cri aigu s'échappe de mes lèvres lorsqu'il me fait descendre sur le lit. Il me frappe et je crie, surpris par la montée de chaleur qui s'accumule en moi. "Giggs, tu me frappes!"

Sans s'arrêter, il regarde le point où nos chair se rejoignent et il broie et tourne avant de pomper comme s'il était sur le point de brûler et que mes dents claquaient. "J'ai besoin que tu brilles pour moi", grogne-t-il. «

Brille pour moi, mon amour. Montre-moi à quel point tu aimes quand je te baise !

Je convulse, je viens et je gémis si fort que mes oreilles bourdonnent et ça le fait jouir si fort que c'est explosif. La façon dont il m'inonde est auto-justifiée, sans excuse et mon corps s'effondre, devenant son domaine et cela fait tourner toute la pièce.

"Giggs", je gémis quand il me rapproche de sa poitrine, son corps palpite toujours avidement en moi mais le reste de lui est en larmes à cause de la manière sensible dont il me tient et il me râle à l'oreille,

"Je ne pensais pas que tu pourrait me faire t'aimer encore plus fort... mais tu continues à extraire tout ce que j'ai retiré de moi. Il passe ses lèvres sur ma joue. "Je t'aime. Je t'aime."

"Et je t'aime", je gémis. Je l'aimerai toujours; c'est le seul homme pour moi. C'était mon premier et il sera mon dernier.

****

La nuit s'est approfondie et Giggs et moi sommes en mouvement. Je suis tendre entre mes jambes et savoir que je suis toujours rempli de lui me fait me sentir distrait et étourdi alors que je me dépêche d'enfiler mes vêtements. Giggs prend mes bagages, le regard déterminé et il me tient la main un peu plus fort que d'habitude. Nous marchons dans le couloir, sortons par la porte arrière et nous précipitons vers ma voiture.

"Voulez-vous monter à l'arrière?" Je respire et le ciel étoilé s'affiche derrière Gigg et ses yeux sont encore brûlants mais je pense que c'est la première fois que je vois Giggs à l'aise. Habituellement, il est toujours très nerveux, mais maintenant... je suppose qu'il avait juste besoin d'une libération et d'intensifier notre connexion.

"Je le ferai, mais je veux d'abord que tu viennes ici."

"Pourquoi?" Je demande une juste cause et ses yeux parcourent mon corps.

"Parce que je le dis et parce que tu ferais n'importe quoi pour moi."

Il s'en souvenait. Un peu étourdi, je m'approche de lui et il pose ses lèvres sur les miennes et elles sont douces et dures à la fois, tout comme lui. Ce sont les lèvres appartenant à l'homme que j'embrasserai pour le reste de ma vie. Être avec lui m'a écrasé et je n'ai pas l'impression d'être radical en partant avec lui. Il y a assez d'amour en lui pour me durer plus d'une vie et quand il pose ma main sur son cœur, il bat aussi frénétiquement que lorsque nous avons fait l'amour.

« Il y a quelque chose que j'ai besoin que tu me dises », dit-il et mes sourcils se lèvent de surprise lorsque sa voix se brise au milieu. Il prend mon visage en coupe, sa bouche sérieuse et je sens un battement dans mon estomac. "Je t'ai déjà dit que je t'aime et parce que je t'aime, je dois savoir que tu ne me quitteras jamais."

Il me fait taire avec un autre baiser. « Je suis une fugitive, Porsha. Je devrai probablement rester sous le radar pour le reste de ma vie... » Il met ses mains autour de mes bras et grince des dents. « Je dois m'assurer que tu me suivras partout où j'irai. n'essaye jamais de me faufiler au milieu de la nuit parce que tu n'en peux plus... »

« Ne t'es-tu pas assez torturé... », je l'interromps, verrouillant ma bouche sur la sienne et je peux le sentir. soulagé par ma réponse rapide. « Ne doutez pas de moi. Tu sais que je suis à toi.

Il me relève, me fait tourner et j'enfouis mon visage contre lui pour faire taire mon rire. Une route nous attend et la meilleure partie... c'est qu'elle mène à mon avenir avec Giggs.

Epilogue

Giggs-Deux ans plus tard

L'air frais des montagnes. C'est ce qu'elle a demandé et c'est ce qu'elle a obtenu. Je l'attends au bout de notre allée, les mains dans les poches et le corps tendu. Elle est partie toute la matinée, a quitté la maison avec une lueur d'excitation dans les yeux et des talons si hauts qu'elle pouvait à peine marcher dessus. Pendant son absence, j'ai fait les cent pas, essayant de me distraire et je voulais être là avec elle, mais parfois toutes les demandes ne peuvent pas être satisfaites.

Pas dans ma situation.

Je tends le cou quand je la vois arriver et à ma vue elle pousse un cri et se met à courir, ses talons la font trébucher et je la préviens de faire attention mais elle se contente de rire et se jette à mon cou.

Avec un grand sourire, déclare-t-elle. « Officiellement diplômé. Je l'ai fait, Giggs.

Son diplôme a pris plus de temps puisqu'elle a dû changer d'université, mais elle a réussi à obtenir des résultats et j'ai enroulé ma main autour de sa nuque. « Tu l'as fait, chérie. Putain, tu l'as fait.

Rayonnante, elle glisse le long de mon corps et passe son bras sous le mien et nous commençons à remonter l'allée menant à notre maison. Il y a des baies vitrées et un jacuzzi à l'arrière où Porsha et moi passons la plupart de nos week-ends. La plupart de nos jours de semaine aussi si je peux me débrouiller. J'ai ma propre entreprise maintenant et je suis mon propre homme puisque c'est plus facile ainsi. Officiellement, j'utilise un nom différent et personne n'a jamais pu reconnaître ma véritable identité. Mon affaire s'est calmée au bout d'un an, la piste était devenue trop compliquée et je suis désormais une affaire classée.

J'ai laissé la destruction derrière moi, mais ce que tout le monde devrait maintenant, c'est que je sois aussi docile que possible à moins que Porsha ne soit menacée ou que ma relation avec elle ne soit menacée. Puis je sens mon sang se réchauffer, la létalité circuler dans mes veines et je sais que je serai encore pire une fois que nous aurons fondé une famille. Menace ma fille et tu es mort, menace ma femme et tu es mort mais menace la mère de mes enfants..., personne ne serait aussi stupide. En regardant Porsha, j'embrasse sa tempe pendant qu'elle discute de la cérémonie, décrivant tout en détail pour que j'aie l'impression d'être là avec elle.

"On m'a demandé si je voulais venir faire la fête avec les autres mais je leur ai dit que je devais retourner auprès de mon mari."

"Votre mari qui...?"

« J'étais en voyage d'affaires et je n'ai donc pas pu venir », dit-elle avec insolence et je souris. Nous sommes de bons partenaires dans le crime. Parfois, je me demande si Porsha en a jamais assez de me couvrir, mais quand je lui demande, elle a une lueur protectrice dans les yeux et secoue fermement la tête. Rien de tout cela n'aurait été possible si notre lien n'avait pas été aussi fort, mais il est incassable et chaque fois que je me réveille le matin et que je vois le visage rouge de Porsha sur l'oreiller, j'ai des frissons, toujours frappé par la chance que j'ai.

En lui caressant le dos de ma main, je la conduis à l'intérieur de notre maison et ferme la porte. Il n'y a pas de voisins aux alentours et je ne veux pas non plus de voisins. Je ne peux pas me résoudre à mettre une main sur la bouche de Porsha quand elle est bouleversée par son excitation et je préfère toujours la laisser gémir et crier librement.

"As-tu pensé à moi pendant ton absence?" Je demande et elle hoche la tête, ses yeux honnêtes, sa bouche charnelle et savoir que je ne la perdrai jamais au profit du monde extérieur me fait libérer mon amour pour elle. C'est intrépide mais possessif, une adoration toujours prête à l'attraper, à la serrer dans ses bras et à gronder tout ce qui est trop dur et trop tranchant pour elle.

Il y a un tapis rouge sur mon cœur, déroulé en permanence pour Porsha et elle le foule doucement, toujours aussi attentive à ne pas me blesser comme je le suis elle. Mais autant que je m'en soucie, elle pourrait me poignarder avec un couteau dans ce même cœur et je ne pourrais toujours pas arrêter de l'aimer. Il n'y a pas de bouton marche/arrêt, juste un flux continu d'émotions qui se déversent en elle. Avant Porsha, l'auto-préservation signifiait quelque chose, mais maintenant, sa préservation compte davantage. Elle n'aime pas quand je m'en fous de moi et que je la mets en premier à tout moment, elle pense que je devrais être plus prudent mais elle ne comprend pas. Sans elle, je serais toujours dans cette cellule, même en tant qu'homme libre. Je serais emprisonné, mon cœur n'étant rien d'autre qu'une chose sombre dans ma poitrine, resserrée par des barbelés.

"À quoi pensais-tu?" Je ronronne et elle gémit :

« Qu'est-ce que tu allais me faire à mon retour... » Sa bouche s'ouvre, ses yeux sont vitreux et la robe qu'elle porte s'enlève lentement et cela me fait tourner la tête. Si elle n'écarte pas les jambes aussi largement qu'elle le peut, je vais percer la couture de mon pantalon et me renverser, épelant automatiquement son nom sur le sol. Il n'y a pas une partie de moi qui n'adore chaque partie d'elle, mon amour pour elle déborde constamment sous ma peau comme si elle coulait dans mes veines et elle courait sans s'arrêter, ne me laissant jamais reprendre mon souffle.

"Jacuzzi...?" murmure-t-elle en me regardant avec le regard de quelqu'un qui sait que nous sommes sur le point d'agrandir notre famille et elle recule, sur le point de courir vers le bain à remous mais elle n'y arrive jamais. Je l'attrape quand elle est dans l'escalier, exigeant qu'elle me laisse avoir la bouche et les lèvres entrouvertes pour moi comme elles le font toujours, tout comme elle le fait. Elle a facilement ouvert la porte de son cœur et je me suis enfermé à l'intérieur. J'ai jeté la clé et il n'y a pas assez de lois écrites ou non écrites pour me sortir de là.

La fin

61

Don't miss out!

Visit the website below and you can sign up to receive emails whenever Sley Samedy publishes a new book. There's no charge and no obligation.

https://books2read.com/r/B-A-OFCKB-TWCHD

BOOKS 2 READ

Connecting independent readers to independent writers.

Did you love *Le stagiaire du détenu*? Then you should read *Réclame par mes demi frères*[1] by Sley Samedy!

[2]

Princesse... c'est un surnom dont je pourrais me passer. Cela me rappelle que je suis toujours aux yeux du public. Je suis défini par mon père. On attend de moi que je remplisse un rôle que je n'ai pas demandé. Et même si je suis aimé de tous, je ne suis vraiment aimé de personne.

Puis un inconnu me murmure « princesse » à l'oreille et tout change. Princess a un son différent, elle se sent différente, c'est différent venant de ses lèvres.

Il n'est en ville que pour le week-end et pourrait être exactement le débouché dont j'ai besoin. Puis ses frères arrivent. Si je dois risquer un week-end fou, pourquoi ne pas tout mettre en œuvre ?

---

1. https://books2read.com/u/mgyXvX

2. https://books2read.com/u/mgyXvX

C'est le plan parfait jusqu'à ce que mon père révèle sa grande surprise... Il s'est marié et mes trois nouveaux demi-frères sont en ville.

Vais-je enfin récolter les bénéfices d'être la princesse de quelqu'un, ou mon cœur solitaire me coûtera-t-il tout ?

Si vous aimez les hommes qui parlent grossièrement, qui ont des idées exagérées sur la façon de plaire à leur femme et qui veulent lui donner des bébés, laissez ces gars nourrir la princesse qui sommeille en vous !

Also by Sley Samedy

Une nuit sur la plage
Amoureux du défi
Le stagiaire du détenu
Pardonne mon Péché
Premier Match
Proposition interdite
Réclame par mes demi frères
Scandale dans le désert
Une tente pour deux